全民微阅读系列

飘香的秋天

冯伟山 著

江西高校出版社

图书在版编目（ＣＩＰ）数据

飘香的秋天/冯伟山著. —南昌：江西高校出版社，2017.9(2020.2 重印)

（全民微阅读系列）

ISBN 978－7－5493－6060－4

Ⅰ.①飘… Ⅱ.①冯… Ⅲ.①小小说—小说集—中国—当代 Ⅳ.①I247.82

中国版本图书馆 CIP 数据核字（2017）第 225568 号

出版发行	江西高校出版社
社 址	江西省南昌市洪都北大道 96 号
总编室电话	(0791)88504319
销售电话	(0791)88592590
网 址	www.juacp.com
印 刷	永清县晔盛亚胶印有限公司
经 销	全国新华书店
开 本	700mm×1000mm 1/16
印 张	14
字 数	180 千字
版 次	2017 年 10 月第 1 版
	2020 年 2 月第 2 次印刷
书 号	ISBN 978－7－5493－6060－4
定 价	36.00 元

赣版权登字 -07 -2017 -1165

版权所有 侵权必究

图书若有印装问题,请随时向本社印制部(0791 -88513257)退换

目录 / CONTENTS

第一辑　人间真情

绝技　　/002

暖冬　　/005

妻子回来了　　/008

落网　　/011

家长会　　/014

永远的等候　　/016

就为一句话　　/019

救命的乳名　　/022

墙壁上的表格　　/025

鱼头　　/027

一张存折　　/030

宝葫芦　　/031

不让见面的恋人　　/034

温情　　/037

笨哥哥　　/040

儿子来电话　　/041

妈妈的故事　　/044

飘香的秋天　　/045

旗手　　/047

乡村爱情　　/049

卖水　　/052

第二辑　世相万千

打不开的锁　　/056

卢大胆　　/058

软较量　　/061

楷模　/064

最后的面试　　/066

和狗一起去大山　　/069

卢进发　　/072

给母亲洗脚　　/075

老实人大根　　/077

本分　/080

摔碗　/082

敬业　/084

讲故事给你听　　/085

二十年前的招聘　　/088

牛肉拉面　　/090

快乐着死去　　/092

毒麦粒　　/095

一张化验单　　/099

演戏　/103

隔夜的猪肉　　/104

青龙镇上的失踪案　　/108

媳妇讨债　　/111

我会让你富起来　　/112

种在墙上的黄豆　　/116

钱多不是病　　/118

风景　/121

肇事的玉米　　/122

表演节目的乘客　　/123

不是暗访　/126

老照片　　/128

第三辑　带刺玫瑰

双赢　/133

路边倒了一棵柳　　/135

政绩　/138

钓鱼记　/139

检查　/141

爸爸是傻瓜　　/142

生日　/143

寻找残疾人　　/144

书法家　　/148

能人卢振起　　/149

馨香　/151

后怕　/154

神医　/155

现场直播　　/156

第四辑　幽默天空

彩礼　/160

啥也别解释　　/162

大美的乡村爱情游戏　　/164

感谢情敌　　/166

文盲李二嫂　　/169

一张假币　　/171

遭遇大款　　/172

我想栽棵柿子树　　/175

身价百万的人　　/177

一束鲜花　　/179

第五辑　亦真亦幻

和女人肚子签约　　/182

大地震之后　　/184

黑与白　　/186

司马光砸缸的唯一证人　　/188

新编东郭先生和狼　　/191

信不信由你　　/193

一只狗的自白　　/196

壮胆丸　　/200

第六辑　往事如烟

闲人冯其五　　/204

塘泥丸子　　/207

1948年的爱情　　/209

吴二传奇　　/212

龙凤玉坠　　/215

第一辑

人间真情

绝 技

一大早,卢憨家的门前就停了两辆车。一辆是警车,还有一辆写着什么电视台字样的车。派出所的老黄正在敲门,他的旁边是几个拿着话筒和扛着摄像机的人。村里人见了,觉得蹊跷,就围上来看热闹。等卢憨擦着眼屎把门打开,看热闹的人竟聚了一大堆。

大伙儿议论纷纷,说这小子终于犯事了,看这阵势事儿还不小。

是呀,别看他平时不言不语,干起坏事来比谁都厉害!

……

老黄狠狠地瞪了大伙儿一眼,说,都闭嘴吧,你们咋知道人家犯事了?

大伙儿就闭了嘴,可肚子里还疑惑着,都梗着脖子想往院子里挤。

老黄对卢憨说,你是卢立群吧?这几位是省电视台的记者,慕名来给你拍节目的。

看着卢憨满脸的惊奇,老黄又说,我是派出所的老黄,是给记者们带路的,别误会呀。

卢憨笑了笑,把他们让到了院子里。

这下,看热闹的村里人可懵了。这个憨里憨气的家伙原来叫卢立群呀,这么些年大人孩子都叫他卢憨呢。至于给他拍电视就更觉邪乎了,卢憨父亲早亡,一直和一个精神不正常的母亲一起生活,日子过得紧巴,都快三十了,还光棍一条。平日除了种点责任田,就关门在家里窝着,见了人脸红脖子粗地勉强地点点头。就这么个人也能上电视,真给卢村丢大脸了。

小院里很洁净,除了一棵大槐树,就是矮墙下一丛丛的草本茉莉花,颜色各异,为小院增色不少。

一个手里拿着话筒的姑娘笑着对卢憨说,卢大哥,为了拍你的绝技,尽快让全国人一睹你的风采,我们可是日夜兼程过来的。说完,姑娘递给卢憨一张报纸。报纸上是一组照片,还配着一段长长的文字,大标题是"农家院里的绝技高手"。卢憨看了,用手挠了挠头皮,咧嘴笑了,淳朴得像一棵秋天里的老玉米。他想起来了,那天他正在院子里练倒立,有个背着相机的人在矮墙外看见了他,被他的技艺吸引,非要给他拍几张照片。通过交谈,卢憨知道那人是省城一家报社的记者,来乡下采风的。卢憨的每一个动作,都让他赞叹不已,他手里的相机也"咔咔"地拍个不停。想不到这些照片,竟把电视台的记者引来了。

姑娘说,卢大哥,你不介意当众展示一下你倒立的绝技吧?

卢憨有些不好意思,说,只是……只是我练得不好,你们可别笑话呀。

我们相信你挺棒的。老黄过去拍了拍他的肩膀。

卢憨走到老槐树下,提了提裤子,一个倒立,双腿就稳稳地贴到了树干上。紧接着两腿一分,双手撑着地面向前慢慢地移动,边移动双腿边做着各种动作,什么"白鹤亮翅""一柱擎天""弯弓射月",每个动作都惟妙惟肖,刚柔相济。在场的人都看呆了,好久,掌声才一个劲地响起来。这时,卢憨的双手触地变成了单手触地,腾出的那只手朝大伙儿挥了挥,就叉在了腰上。一院子的

人正看得起劲,突然他的那只手也脱离了地面,脑袋直直地扎下来。围观的人都惊得张大了嘴巴,生怕卢憨的脑袋开了花。就在卢憨脑袋触地的一刹那,他竟把双手放到胸前鼓起掌来,两腿还在半空做着动作。哎呀,这家伙平时蔫巴巴的,没想到还有这招呀,绝了!村里人鼓掌归鼓掌,心里还是有些嫉妒。

一套动作下来,卢憨的脸上也有了细细的汗珠。稍事休息,他又即兴表演了头顶在桌子上倒立,并从自己的口袋里摸出香烟点燃,飘飘袅袅的烟雾中,他一脸的惬意。突然,他把烟头一吐,身子一个鱼跃,就稳稳地坐在了地上,且双腿交叉,双手在胸前合十,嘴里念了声"阿弥陀佛"。霎时,喝彩声、鼓掌声把小院塞得满满当当。

姑娘把话筒举到卢憨面前,说,你是怎么炼成这绝佳技艺的?

卢憨吭哧了半天,说,为了俺娘呗。

为了你娘?记者和大伙儿都愣了。

我十几岁时很顽皮,经常在院子里翻跟头和倒立。有一次,我倒立时看见我娘瞅着我笑呢。娘精神不好,我很少见她笑过,看来她是喜欢看倒立。我又倒立了几次给她看,她都认真地看着,笑得也开心,打那以后我就下决心天天倒立给娘看。这不,眨眼十几年了。说完,卢憨用手一指房门口。看,我娘刚才看我练倒立,还满脸欢喜呢。

大伙儿回头望去,摄像机的镜头也跟了过去。低矮破败的房门前,一个瘦弱的老妇人在暖暖的阳光下正朝这边张望,嘴巴微微地张着,脸上堆满了笑。

暖 冬

上小学三年级时,我做了一件不能原谅自己的事儿。

那年的冬天很冷,教室里又没有取暖的火炉,下了课我们男孩子就跑到校园里疯跑嬉闹,一会儿身上就暖和了。可我却不小心把裤兜里的一个鸡蛋弄破了,当时我就吓哭了,那个鸡蛋是爹昨晚跑了好几家才借来的。昏暗的灯光下,爹一边给我补着裤腚上的窟窿,一边不停地嘱咐我,鸡蛋拿到村里的供销社能换两毛钱,让我买一本本子和一支铅笔,剩下的钱再买盐。我光着身子趴在被窝里,瞅着爹黑瘦黑瘦的脸,觉得他很苦。我是个没娘的孩子,爹为了养活我,白天在生产队干一天活,晚上还要给我做饭、洗衣,经常过着吃了上顿没下顿的日子,偿尽了艰辛。那时,近千口人的卢村,只有我家是"两根光棍",爹和我是被村人时常挂在嘴边的笑料。

见我弄破了鸡蛋在哭,刘老师赶忙拿了一个搪瓷缸帮我把鸡蛋放了进去。中午放学时,一场大雪飘了下来。我端着搪瓷缸轻轻迈进篱笆墙小院时,爹正在天井里转着圈小跑,佝偻的身子上落满了雪花。

见我回来,他微微一笑,说,真冷啊,我运动了一下,你先进屋,我给你做饭去。

饭端上饭桌时,还是黝黑的地瓜面窝头和一碟咸咸的萝卜干,见我呆坐着没动,爹说,趁热吃吧,你长大了,咱的好日子就

到了。

我不安地说,爹,我把鸡蛋弄破了。

爹呵呵一笑,说,你一到我身边我就猜到了,搪瓷缸的口沿上黏着一片鸡蛋壳呢。没事儿,晚上我给你弄点儿葱花炒了吃,本子、铅笔的事儿我再想办法。

爹把粗糙的大手放在我的后脑勺上,轻轻地拍了拍。我嗯了一声,一口把一个窝头啃去了一半。

这时,一只麻雀飞了进来,跌跌撞撞的,在低矮昏暗的屋子里盘旋了半圈,就一头扎在了饭桌上。爹把它放在手心里,满眼慈爱地看着,麻雀抖了抖翅膀,竟没有飞起来。爹说,这鬼天气,它可能又冷又饿吧。唉,麻雀也可怜啊。

我家没钱生炉子,屋里特别冷时,爹就找些干树枝烤火,连烟带火"噼里啪啦"烧起来时,爹边咳嗽边和我说些高兴的事儿。说以后我们的日子会多么的好,也说我娘长得多么的俊,她在很远的大城市做工,我长大了,她就回来了。爹抽着劣质的自制旱烟,满脸的笑意。我依偎在他的身边,也是满脸的温暖。

爹把麻雀捧到我的被窝里,说让它暖一下,咱再给它喂点鸡蛋清吧。我点了下头,赶忙把搪瓷缸端了过去。爹用火柴棒蘸着蛋清放在麻雀嘴边,它两眼半眯着,竟一动不动。爹就用手轻轻掰开它的嘴巴,再把蛋清一点点送到里面。看着麻雀无力的样子,爹说,你去上学吧,让它睡一会儿。

下午放学回来,我惊奇地发现麻雀站在我的枕头上四处张望呢。我大喊着,爹,麻雀活过来了。爹站在床边,笑呵呵地看着,好像面对的是自己亲生的孩子。爹说,大毛,把那个鸡蛋给麻雀吃了吧,我看它和你像是兄弟俩呢。我的心儿一紧,点了点头。

等一只鸡蛋喂完,麻雀就完全康复了。它很快活,在小屋里飞来飞去,有时还落在爹的头顶上唱歌呢。爹也高兴,就叫它二毛,还把它弄到天井里让它远飞,可二毛飞得再远也要回来。每次吃饭,它总飞到屋里,到饭桌上捡拾吃剩的饭粒,然后落在床头上欢叫。爹高兴得不行,说,二毛真是我的孩子呀,多懂事。

一天,我正在上课,一只麻雀飞进了教室,在我的身旁"叽叽喳喳"地叫着,还对着我的耳朵啄了一口。我惊异地抬头看时,却看到了麻雀那双黑亮的眼睛,晶亮亮的,似有泪花在闪。是二毛!我突然意识到了一种不祥,拉着刘老师的手就往家跑。跨进柴门,我一眼就看到了仰卧在天井里的爹。刘老师慌忙喊来几个邻居,赶着生产队的牛车尽快把爹送到了公社医院,经过医生的抢救,爹总算活了下来。医生说,幸好来得及时,再晚了就没救了。我啥也没说,心里却千遍万遍地喊着二毛的名字。

爹从医院回来后,对二毛更加疼爱了。在那个寒冷的冬天,爹满脸喜色,总说心里暖烘烘的。

眨眼,春节就到了。除夕守岁时,爹喝着自酿的白酒,说,大毛,咱爷俩过得是不容易,可这个冬天里遇上了二毛,咱爷仨不也天天快乐吗?你好好学习,大了会有出息的。你娶媳妇那天,你娘会回来看咱们的。我啥也没说,眼泪忍不住滚落下来。二毛静静地卧在我的手上抬头张望,也两眼晶亮。其实我知道,我是爹捡来的孩子。爹把我抱回家时,除了那床裹身的小单被,就连我的生辰八字也没见到。和一只麻雀过年,是我一生唯一的一次。那是1978年的除夕。

天逐渐暖和的时候,生产队里的杂活也多起来了。我上学,爹出工,二毛在家就显得孤单了。

突然有一天,二毛不见了,我和爹找遍了院子的角角落落也没找到。是遭了野猫的"黑手"还是中了小孩子的弹弓,我们不

得而知,但爹一直坚信二毛去找自己的亲娘了。

多年以后,我和爹终于住上了大城市的高楼,可爹似乎不是很开心。国庆长假,当爹知道我要陪他回老家看看时,竟高兴得孩子似的朝老家的方向深深鞠了一躬。他说,好啊,也许二毛也回家看看呢。

妻子回来了

男人回到家时已经半夜了,摇摇晃晃的,显然喝了不少酒。女人还没睡,在台灯下翻看一本旧杂志。见男人回来了,赶忙把他扶到床上坐下,又起身从桌上给他端了一杯水。男人歪斜着身子站起来,手一扬,把杯子碰到了地上,碎了。女人没说话,赶忙拿了笤帚打扫碎玻璃。弯腰时,眼泪在眼眶里转了几下,终于落下来。

他和她都是二婚,刚结合到一起还不到半年,感情一直不错。他在镇上的中学教书,为人厚道,对以前的妻子更是百依百顺。每次放学回家,总是抢着干家务,生怕累着了妻子。妻子也的确有福,活儿干得少,衣服却换得勤,总很合拍地迎接着四季的变换。为了保持自己苗条的身段,结婚好几年了也不要孩子,每天打扮得花枝招展。熟悉的人见了,都会说,你好福气呀,找了个疼你的丈夫。她听了,嘴巴一撇,说,不就是一个教书匠嘛,早知道他这么穷酸,当年我说啥也不会嫁给他。到底他没拢住妻子的心,她跟一个包工头私奔了。接下来的日子里,她的电话一直关机，他打不通电话就向学校专门请了假，骑着摩托车找遍了方圆近百里的农村和县城。就在他一无所获，倍感失望的时候，妻子给他发来了一条短信，说只要他答应离婚，她可以净身出户，如果不答应，她就一辈子不回来了。男人有些窝囊，也很无奈，就答应了。

就在这时，男人通过朋友认识了现在的女人。原来，女人结婚不久，丈夫就得了一种怪病，全身肌肉萎缩，在床上躺了五年。期间，她到处给丈夫寻医问药，花光了仅有的一点儿积蓄，又借了一大笔债，也没留下丈夫的生命。望着丈夫的照片，她百感交集，觉得自己没能给他留下血脉有些内疚。可想想丈夫生病的日子里，自己一直在床前照料，没让他受一点儿委屈，心里也就释然了。

男人和女人一见如故，很快就成了夫妻。他俩结合后，都感到了从未有过的愉悦。男人下班回到家，热腾腾的饭菜早就摆上了桌。男人边吃边给女人讲学校里的喜闻乐事，女人的脸上就时常挂着笑。男人在节假日里，又和女人出去旅游了一次，俩人手拉手亲密的样子，谁都觉得是一对恋人。

过了不久，男人要去县城学习几天，临走时再三嘱咐女人，吃饭时要跟上营养，晚上要早睡，白天要晒晒太阳，等等，把女人感动得一塌糊涂。她觉得自己真是上辈子修来的福气，掉进蜜罐里了。

几天后，男人学习完毕，一大早就急着回家。可他迈进家门时，傻眼了。女人正坐在床上低声哭泣，粉红色的上衣撕裂了一条大缝，脸上也有几处浅浅的抓痕。男人忙问，怎么了？女人赶忙止了哭声，说，没什么。男人还在疑惑中，女人就扭身走到了小院里。男人也跟了出来，却突然看到房门的门栓也坏了，并且南

院墙的下面竟被掏了一个大洞,一些砖块乱糟糟地堆在一旁。男人大惊,他扳过女人的肩头,轻声问,到底怎么了?是不是有坏人进来欺负你了?女人摇摇头,说,没有,咱俩先把墙上的洞堵起来吧。男人站着没动,又问了一句,那是你有相好了?这墙上的洞,还有撬开的房门,你撕裂的上衣,总不会无缘无故吧?女人听了,赌气走到了一边。男人也火了,说,我这就去派出所报案,不信查不出事儿来!他扭头走了。

这不,半夜了男人才满身酒气回来,他以前可是滴酒不沾的。女人有些愧疚,对男人说,今天都是我不好,让你生气了。男人直勾勾地看着女人,好久,才说,我知道昨晚的事儿你不愿意,错不在你,可那人对你忘不了呀。今天的事儿我也不报警了,他要真爱你的话,你就跟他过吧。男人说完,竟呜呜地哭了。

女人轻轻推了男人一把,笑着说,你胡说啥呀?今天你出去喝酒逍遥了,墙上的洞我可费了不少劲才堵好的。

男人向外望了望,歉意地说,你看,这,你哪能干那样的粗活儿呢?

女人又说,今天的事儿我本不想说的,可不说真给你添堵了。昨晚父亲突然病了,家里来电话叫我回去。今早父亲的病减轻了,我也记挂着家里的营生,就早早地回来了。谁想房门虚掩,进来竟看见一个女人在翻箱倒柜。我刚想喊人,她上来就对我撕扯起来,她很凶,她说她是你的前妻,现在后悔了当时的净身出户,就想进来找些钱。

是她?男人的眉头锁了起来。听说她现在被那个包工头甩了,正一肚子气呢。

女人看着男人,说,我怕你知道了更恨她,才没说,要不咱就把银行里那点钱都提出来给她吧,她也不易呀。

男人一下把女人拉在怀里,轻声说,你心眼真好。

女人眼睛湿湿的,扭头向窗外看了看,如水的月光下,院墙平整如初,整个小院一片温馨。她想,这才像个家呀。

落　网

老范和小马再次来到秀云家时,已晌午了。

秀云和孩子正在吃饭,黑乎乎的饭桌上是几个干馒头和一碟咸菜条。他俩的到来显然让秀云吃惊不小,她慌忙起身,对老范说,范所长,还是没有大奎的消息呢,有了我就告诉你。

老范笑笑,说,我相信你。

他从小马手里接过一个方便袋,里面是满满的儿童食品,对抬头看他的孩子说,毛毛,看爷爷给你带什么了?

秀云说,范所长,这些年你一直对孩子这么好,我忘不了你的。

老范说,应该的,孩子都五岁了,还没见过他爹呢,是个苦孩子。

秀云没言语,给老范和小马找了两个小板凳坐下,眼圈就红了。

老范说,大奎这几年在外面东躲西藏的也不容易啊,有消息就让他自首吧,政府会给他减刑的。

老范点了一支烟,缠来绕去的烟雾中,老范一脸严肃。这起镇子上无人不晓的儿童拐骗案已经五年了,主犯大奎却迟迟没有

落网。每次面对受害者家属的哭泣和忧郁,老范除了安慰对方,再就是自责了。自己从警三十多年,从一个普通民警到所长,破获了大大小小数不清的案件。老范很自豪,觉得自己的工作还算完美,可几年前却碰上了这起案子,当主犯大奎被警方锁定后,却突然人间蒸发了。大奎所在的村庄离镇子很远,几十里的山路,即使开车也要一个多小时,还要徒步爬上半山腰的村庄。几年中,老范已经来过数十次了,路边的一草一木他都能熟记在心。

看着毛毛在院子里跑来跑去的样子,老范说,毛毛娘,这几年里大奎就算没回过家,也该打过电话吧?他不想你,也该想孩子呀。

秀云抬起满是愁容的脸,看了老范一眼,张了张嘴,又闭上了。

老范叹了口气说,镇上被拐孩子的母亲疯了,家人送她去医院,她死活不肯,总说孩子回家找不到她。唉,孩子是她的命啊。

秀云听了,一把将孩子搂在怀里,泪珠子咕噜噜地滚了下来。她喃喃地说,大奎该死,大奎该死啊!要是没有毛毛,我也不活了。

看着秀云伤心的样子,老范从怀里摸出五百元钱塞到秀云手里,说给孩子买点儿营养品吧,好好把孩子带大,你无愧就行了。大奎要是懂事,早该自首的,那样就能早给孩子一个完整的家。

秀云推让着,把钱又塞到老范手里,说俺娘俩苦日子过惯了,能挺住的,再说,我怎么好意思要你的钱呢。

这时,小马插嘴说,嫂子,你就拿着吧,范所长年前就要退休了,以后就来得少了。上次我们回去时,范所长在村口摔了一跤,回家躺了好些天呢。这不,他的腿刚能走路,就硬撑着来了,他不想在脱下警服前留下遗憾啊。

秀云听了,呆呆地站着,脸上满是愧色。

见老范和小马要走,她抹了一把泪水说,范所长,你和小马先坐会儿,我还没给你们泡茶喝呢。

泡好茶,秀云从屋里的木柜里找出了一块火红的被面,她端详着,泪水再一次夺眶而出。她说,这是我和大奎的定情信物,结婚时都没舍得用,说是留给孩子将来结婚时做喜被的。那时我们穷得叮当响,我怀着毛毛六个月时身体特别虚弱,大奎说是去镇上给我买营养品就再也没回来。他缺钱,可缺钱也不能拐走人家的孩子呀。

秀云把被面展开,火红火红的,映得她一脸的春色。她踩着一截矮矮的碎石墙,跷脚将被面搭在了墙边一棵大树的斜枝上,风一吹,飘飘扬扬,像一面旗帜。

老范和小马感到奇怪,就问秀云,这是咋了?

秀云惨然一笑,指着被面说,这么些年了,也该见见阳光了。

一壶茶刚刚喝完,就见一个男人慌慌张张地溜进院来。老范和小马吃了一惊,这人怎么和大奎的照片那么像呢?两人出于本能,迅速起身靠了过去。

男人被戴上手铐后,一脸的不解,他看看那块火红的被面,再看看秀云,大声说,秀云,你不该骗我啊!

秀云满脸泪水,说,跟范所长回去好好交代吧,俺娘俩等你。

望着大奎远去的身影,秀云号啕大哭。她想起了昨天晚上大奎摸进屋来的情景,大奎说,明天中午如果一切平安,你就在院子里显眼的地方挂一件红衣服,我再来见你们娘俩一面,就要远走高飞了。

秀云喃喃自语着,远走高飞?你能吗?

家长会

要不是这次家访,我真想不到江小甜同学的家庭背景这么差。

见到江小甜的妈妈时,她正在阴暗的出租屋里给人家修鞋。我说明来意,她忙起身去给我倒水。我这才注意到,她身高不到一米四,一条腿还有些跛。她说自己是外乡人,来这里已经四五年了,一直在街口摆了个修鞋摊。渐渐地,附近的乡邻和一些顾客知道她的处境后,有了要修的鞋子就主动送上门来,有的还偷偷地丢下三五十元钱接济她。这样她就不用出摊了,能够在家更好地照顾江小甜。她还说,自己一直没嫁人,江小甜是她从民政部门领养的。她爱孩子,为了隐瞒孩子的身世,让她和正常人家的孩子一样健康快乐地成长,她远离家乡,来到了这座偏僻的小城。

感受着她对江小甜的浓浓爱意,我想再让她高兴一下,就告诉她,江小甜学习很用功,成绩也非常好。她听了,脸上漾满了笑。说,老师费心了,我就盼着她将来能考上大学,找个好工作,生活得幸福。我问她,你这么爱女儿,江小甜一定生活得很幸福吧?谁知她竟沉默了。过了一会儿,她才说,应该是吧,但自从她上学后好像有心事了,也不愿陪我上街了。唉,孩子大了,有自尊心了,大概嫌我是个残疾人吧。她说着,眼角竟红了。怕她不高兴,我忙说,不会的,江小甜是个品学兼优的好孩子,她怎么能嫌弃自己的妈妈呢？看着她弓着背，干瘦的双手还在不停地忙活，我忍不住又问了一句：你这么辛劳，万一病了，江小甜又不在身边，可怎么办呢？她笑了一下，说，我虽然走路不方便，可身子骨硬着呢，从来不生病的。就是哪天真病了，街坊邻居也会帮我的。我这才想起上次家长会时，全班就江小甜的家长没去。当时问江小甜，江小甜的脸憋得通红，支吾了半天，才说自己没有爸爸，妈妈生病了来不了。看来，江小甜撒谎了。

回到学校，我发现江小甜的话语比开家长会前明显少了，真像是有了心事。我猜想应该与她的妈妈有关，想找她谈谈心，又怕触及她的自尊。可怎样才能让江小甜不对妈妈的残疾心存芥蒂，自己心里也放下这个不该有的"包袱"呢？

这周的班会上，我精心策划了一个题为"妈妈最伟大"的讨论会，让同学们畅所欲言，都说说自己对妈妈的看法和感受。果然，同学们兴致很高，都抢着发言。有的人说妈妈如何疼爱自己，给自己买好看的衣服和好吃的零食；有的人说妈妈对自己如何严厉，放学回家连电视也不让看；有的人说妈妈长得如何漂亮，还在机关里上班，自己觉得很骄傲。同学们说了很多，我也一直在认真地听，可江小甜总是趴在桌子上，一句话也不说。等同学们说得差不多了，我做了总结发言。我说，妈妈是天底下最伟大的人，因为她不仅生了我们，还不辞辛劳地赚钱养育了我们，给我们做饭、洗衣服，有好吃的东西自己也不舍得吃，都留给我们。她对你严厉，是让你好好学习，盼望你长大了有出息呀。自古至今，天下的妈妈都一样，都是用心呵护着自己的孩子，给孩子正确的引导。如古代的"孟母三迁""岳母刺字"等，都是多么感人的故事呀。再说了，我们从小要有孝敬妈妈的心，要知恩图报。无论自己的妈妈多么漂亮还是多么丑陋，她们在我们的眼里都是最美的。因为她们的胸怀都是无私、博大的，都有一颗善良的心。俗话说，孩儿不嫌母丑，狗儿不嫌家贫呀！……教室里掌声一片。江小甜也抬起了头，使劲地鼓着掌。

以后的日子里，我见江小甜课间有说有笑的，走起路来脚步也很轻盈。我心里暗暗高兴，真希望是那次班会起了作用。

又一个家长会上，我期盼中的一幕终于出现了。江小甜的妈妈来了，江小甜轻轻地挽着她的胳膊，肩靠肩地坐在一起，一脸的幸福。我还没说话，江小甜竟站了起来。她说，老师，上次家长会上同学们都介绍了自己的妈妈，就我没有。我现在也要介绍一下自己的妈妈，好吗？

我赶忙说，好呀。

江小甜搂着妈妈的肩头，大声说：这就是我的妈妈。她长得不美，还是个残疾人，但我非常喜欢她。妈妈常年在家给人修鞋，可硬是把我养了这么大……

江小甜的话还没说完，就被教室里热烈的掌声淹没了。

永远的等候

小穗家的门口旁有一条小河，河边是一棵很粗的核桃树。每次妈妈送她去幼儿园，小穗总要跑到树下玩会儿，有时唱歌，有时也跳舞，她说树爷爷独自在这里太寂寞了。

妈妈看着天真的女儿，笑了。妈妈说，不会的，树爷爷天天有小鸟和河水陪着玩呢。

小穗就点点头。

那年她五岁。

星期天,在县城打工的爸爸回来了,还带回了一台浅绿色的小台扇。小穗高兴坏了,以前她晚上总是热得睡不着,妈妈就坐在床边不停地给她摇蒲扇,这下好了,妈妈也能吹着电扇睡个安稳觉了。电扇在屋里的桌子上不急不慢地摇着头,屋里凉爽了不少。

小穗说,老师让我们每人画张画,谁画得好还要给糖吃呢。我就画咱家的电扇吧。

爸爸摸了摸小穗头上的"朝天辫",一脸慈爱地说,好呀,咱小穗画的电风扇肯定是天底下最好的了。

小穗没有图画纸,爸爸给她找了一张墙上的旧年画,裁成两截,让她在背面画。小穗很高兴,就用铅笔认真地画起来。

妈妈过来瞅了一眼,忍不住喊起来。你看咱小穗画得多好呀。

小穗听了,赶忙用两只小手捂住画面,噘着小嘴说,俺还没画完呢,先不让你们看。

妈妈笑着说,好,不看就不看,过会儿咱看小穗画好的。

小穗画好后,自己端详了好久,才让爸爸和妈妈来看。小穗画得不错,很有想象力,除了在电扇的脑袋上画了一双会说话的大眼睛,还在电扇旁画了三个小人,分别写着爸爸、妈妈、小穗,纸的空白处有几个歪歪扭扭的大字:小穗五岁画。

爸爸妈妈看了很高兴,都说小穗有绘画天分,大了准能当大画家。

听到夸奖,小穗就说,我们班里的小毛有彩色蜡笔,他画的鸡冠花红红的,可好看呢。我要是有蜡笔,把电风扇涂成绿色的,再

把妈妈的脸涂成红色的,爸爸的脸涂成黑色的,这画就是我们班里最好的了。

爸爸听了,就说,乖孩子,咱这就去刘爷爷的小卖部,爸爸也给你买盒蜡笔。

小穗说,爸爸天天在外打工太累了,我自己去吧。

爸爸还没回话,正在做饭的妈妈插话说,让小穗自己去吧,她常去,又没几步远。

爸爸从口袋里掏出一块钱,递给小穗说,快去快回,剩下的钱买根冰糕吃。

小穗拿着钱,高兴得一蹦一跳地走了。

妈妈做好了午饭,可小穗还没回来。

其实,从小穗家到刘爷爷的小卖部很近,中间就隔着一条出村的大街。

小穗的爸爸和妈妈急忙跑到刘爷爷的小卖部,也没看到她的影子。

刘爷爷说,半小时前听到街上摩托车的马达声,好像还有小孩的哭声,我出来看时一辆摩托车驮着一个男青年快速出了村,男青年的前面好像抱了一个小孩,老远了还见小腿在蹬呢。哎呀,这么一说那孩子就是小穗了,不会是被人拐走了吧?

小穗妈妈听了,当场就晕倒了。

此后的十年里,为了寻找小穗,夫妻俩从小镇找到县城,再到省城,甚至全国的很多城市,都留下了他们的足迹。他们也找了多家报社和电视台帮忙,媒体用尽了所有的法子,也倾注了十足的热情,可小穗依然不知所踪。

后来,小穗的村子成了一座很美的生态园,她家门前的小河依然河水流淌,老核桃树也依然挺拔,但村子里的房屋不见了,村里人都去小镇住上了很高的楼房。全村搬迁的那天,锣鼓喧天,人人喜笑颜开,可小穗妈却站在老核桃树下默默地流泪。

又过了五年,小穗妈明显老了,她坐在老核桃树下,神情有些呆滞。她身后的核桃树上,挂着一个大相框,里面镶着十五年前小穗画的那张电风扇图。画面上的风扇似乎还在转着,坐在旁边的小穗和爸爸妈妈脸上漾着笑,大概感到了电扇吹来的凉爽。每次有旅游的人来到跟前,小穗妈都会指着相框讲述一遍小穗的故事。时间长了,就有人问她:你每天早晚往返镇子五年,为什么呀?

为什么?我相信有一天,小穗会回家的。老房子没了,可我在,老核桃树也在呀。

她停顿了一下,又甜甜地说,小穗,我的好孩子,你今年整整二十岁,都成大姑娘了。

小穗妈说这些时,满脸喜色,她的双眼放着温和的光,似乎小穗正迎着阳光从马路上向她跑来。

就为一句话

二姑年轻的时候,是我们村里数一数二的好姑娘。

可二姑却看上了一个瘸子。瘸子叫大根,和我们家是邻居。

那时,爷爷和奶奶气得牙根都疼,见了二姑就骂,还要打断她的腿。二姑就流着泪说,我爱他,他也爱我,你们就成全我俩吧。爷爷和奶奶当然不肯,觉得二姑简直给他们丢尽了脸。直到后

来,二姑发了狠要死,爷爷和奶奶才打消了逼她的念头。

其实,这件事村里人没少在背后嘀咕,还弄出了一段二姑和大根的隐情。

那时,大根家有一台12寸的黑白电视机。因为是邻居,二姑每晚都去看电视。有一次,大根的母亲施了一计,把大根和二姑反锁在了屋里,让大根把二姑那个了。所以,二姑就不得不嫁给大根了。

故事很精彩,在村子里到处流传时,二姑就做了新娘。

那时我们家穷,又加上大根的原因,爷爷奶奶对二姑的出嫁就没当回事儿。大根觉得不行,怕委屈了二姑,就跑了几个村子,借了四辆自行车,又雇了一个响器班子,驮着二姑吹吹打打地围着村子绕了三圈。

第二天回娘家的时候,二姑的几个好友来家里讨喜糖。她们问这问那,言语中对我的瘸子姑父十分不屑。二姑坐在炕沿上,微笑着,满脸的幸福。

二姑的好友大秀找了个当兵的,刚定亲不久。小伙子高高大大,一说话脸就红,挺讨大秀的喜欢。二美的未婚夫长得不怎么样,也没手艺,可人家是工人,在县城的一个厂子里看大门,捧着铁饭碗。几个姑娘你一言,我一语,幸福得像花儿一样。二姑坐在一旁,静静地听着,脸蛋红扑扑的。

这个时候,大根正在堂屋里陪父亲喝酒。父亲阴着脸,大根就有点儿诚惶诚恐,不停地笑着给父亲敬酒。

瞅着大根狼狈的样子,几个姑娘忍不住地笑了。她们挤挤眼,悄悄问二姑:村里人都说你嫁给大根,是被他那个了,真的吗?

二姑的脸一红,说,我和大根从小一块儿长大,他心眼实,我爱他,他也喜欢我。

二姑的回答,让几个姑娘有点儿失望。

那你到底有没有被大根那个了?

我们结婚了,当然那个了。二姑咯咯地笑了起来,很舒心。

大根是个有心人,也很勤劳。婚后,就在家开了个杂货铺,让二姑守着,自己又去外地学会了维修家电的手艺。

一眨眼,十几年过去了,大根的一双儿女也呼啦啦长得老高了。这时的杂货铺早就扩大了面积,家电维修也异常的红火,二姑家也是村里数得着的富裕户了。唯一没变的就是两人的爱情,依然淳朴,依然恩爱。

有一年春节,二姑的几个好友回娘家,又意外地碰到了一起,都高兴得不得了,她们相约着来到二姑家。

这时的大秀,身子早就发了福,但穿着还算时髦,金灿灿的首饰一样不少,显得很富态。说到家庭,她叹了一口气,说,我心里烦透了,累死累活这些年,日子刚刚好了,自己的丈夫就在外面养起了女人。我受不了,就要了二十万,把他蹬了。大秀说着,竟点了一支烟,丝丝缕缕的烟雾里满眼的迷茫。

二美望着屋里满满当当的商品,眼睛瞪得老大,说,你家都快赶上百货公司了,你家大根真行。

二姑就说,再行也比不上你们城里人啊。

二美又说,我那口子早就下岗了,啥也不会,在家除了喝酒就是和我吵架。我平时就去医院洗洗床单,日子过得紧啊。

二姑听了,一脸的不安,说,不可能吧?这些年来我可一直羡慕你们啊。

大秀吐了一口烟圈,说,现在就数你好了,你当初怎么就知道大根又体贴人又有本事呢?

他有啥本事,腿脚又不灵便,只不过庄稼人更勤苦些。

不对，你肯定知道。你要不就是被大根那个了，才看上他的。大秀和二美一下子乐了，又把老话题搬了出来。

二姑说，其实也没啥，就因为大根瘸了一条腿呗。

大秀和二美满脸的疑惑，你是开玩笑吧？

二姑沉默了好一会儿，说，哪会呢。小时候，我俩常在一起玩耍，大根说喜欢我，长大了一定要娶我做老婆。我说你大了就变心了，才不哩。他说，你不信我就摔断一条腿给你看，说完一下子就跳下了两人深的苇子沟。腿瘸了，他硬是没掉一滴泪。我俩谁也没向父母说起这件事，就一直在肚子里藏着。虽说那时不懂事，又是玩笑，可我就觉得大根实诚，让我一辈子放心。

二姑说完这些时，眼角就湿了。

救命的乳名

冯小鱼做梦也没想到，自己一眨眼的工夫竟成了劫匪。

此时的冯小鱼正靠在一间废弃仓房的墙壁上，他左手拽着小男孩的后衣领挡在自己胸前，右手握着一把螺丝刀，死死地抵在男孩的咽喉上。仓房外早就围满了荷枪实弹的警察，让他放下利器，争取自首的喊话不时传进仓房来。冯小鱼脑子乱极了，一句话也不说，两眼死死地盯着仓房唯一的门口。

他和警察的对峙已经半个小时了。

冯小鱼今年刚满二十岁，长得高高大大，是附近一家管道公司的修理工。他生在农村，父母四十几岁才有了他，处处宠着，那时家里虽穷,可冯小鱼却感到很快乐。谁知十岁时爹就生病死了,是娘拉扯着他生活。读完初中,冯小鱼望着娘满头的白发和佝偻的身影,心就酸酸的,再也不读了。几年来,他一直在小镇上打工,什么粗活累活都干,就想多赚些钱,让娘每天都开开心心的。可几年过去,娘俩除了填饱肚皮,根本就攒不下钱。

那天,冯小鱼在集市上看了人家贴的招聘启事才找到城里的,那个胖老板拍着他结实的肩膀,说,好好干,亏不了你,就把他留下了。冯小鱼很高兴,就把老娘接了来,在城郊租了间破房子住下了。冯小鱼是干管道修理,活儿很脏也很累,可想到工资不低,还有奖金,就有使不完的劲。可三个月过去了,除了自己预支了五百元交房租,工资一直没发。今天下班时,冯小鱼憋不住了,就去找老板。老板说,现在不是金融危机吗,全世界的日子都不好过,咱也不能搞特殊,你放心干吧,工资不会少你的。冯小鱼挠了挠头,说,可我今天晚上确实等钱用,你就先给我一百元吧。老板笑得很暧昧,说,不会去找小姐吧?冯小鱼一听,脸就红了,便不好意思再提钱的事了。

冯小鱼背着工具包走在路上,一直想怎么弄到钱。今天是娘的生日,他本想弄点钱给娘买个大蛋糕,再买些新鲜的食品,好好庆贺一下。想着娘第一次见到蛋糕兴奋的眼神,冯小鱼就有些激动。可想到自己身无分文,心情又一下变得沮丧起来。就在他满脑子想钱的时候,背着书包的小男孩就出现在了他的面前。冯小鱼扭头看了看四周,竟然没人,他一乐,对小男孩说,小朋友,你帮我一个忙吧。小男孩点了点头,毫不犹豫地跟他去了旁边那间废弃的仓库。等尖尖的螺丝刀抵上他的脖子,小男孩才知道被劫了,"哇"的一声哭了。

别哭,快告诉我你家的电话号码!冯小鱼紧张地说。

等冯小鱼把电话打通了,才忽然觉得害怕起来。他说,你家的孩子被我绑架了,抓紧送一百元钱来!

一百元钱?你不是开玩笑吧?对方是个男的,大概觉得赎金少了点,显然有些意外。

少废话,你送不送?冯小鱼加重了嗓音。

送,一定送,可我给你送到哪里呢?对方忙不迭地问了句。

是呀,送到什么地方呢?冯小鱼还真没仔细想过。见对方这么快就答应,自己的房租又到期了,就咬了咬牙说,这样吧,你先给我准备五百元,至于送到什么地方我想好了再告诉你。

就在冯小鱼使劲想着的时候,电话又打过来两次,都被冯小鱼告知还没想好。可不久,仓库外就响起刺耳的警笛,冯小鱼这才意识到自己惹祸了。本来是想吓唬一下男孩的父母,弄几百块钱给娘过个体面的生日,也不算多大的事啊,你干吗要报警呢?这样一想,冯小鱼就把怒气撒到了小男孩身上,他朝着门口大喊,谁要上前一步,我就捅死他!仓库外的警察立马止了步,并有人出面开始和他沟通。可冯小鱼脑袋乱糟糟的,啥也听不进去,他也弄不明白自己一个老实巴交的乡下人,咋眨眼就成了劫匪呢?就在警察再次喊话让他自首时,冯小鱼觉得头脑清醒了不少,他知道警察是用先进仪器锁定了自己打电话的地点,他也知道门口外正有枪口向自己瞄准,这样下去,只有死路一条。自己这劫匪当得也太窝囊了。

冯小鱼心有不甘,他想到了男孩吝啬的父亲,为了儿子,区区几百元钱也不舍得,还报了警。你让我蹲大狱,我就弄死你的儿子,让你后悔一辈子。冯小鱼再次把小男孩往胸前拉了拉,又把螺丝刀往他的喉咙压了压,心想,大不了鱼死网破!

就在这时,仓房外传来了一声哀号,十斤,我的儿啊!听着撕心裂肺地喊声,冯小鱼一下呆了。是娘,娘怎么来了?他想起自己出生时,因为十斤重,害得娘大出血,差点儿丢了性命。爹就给自己起了个"十斤"的乳名,天天喊着,是想让自己一辈子疼爱娘啊。

冯小鱼浑身一颤,握螺丝刀的手下意识地垂了下来。这时,"砰"的一声枪响,正中冯小鱼手腕,螺丝刀一下落地。警察蜂拥而入,小男孩被成功解救了。

原来,小男孩的乳名也叫十斤,他妈妈听到被劫的消息后,就不顾一切地跑来疯了般喊他。没想到,一声乳名竟救了两条性命。

墙壁上的表格

父亲小时候家里穷,只念了两年书,也就勉强能算个加减法和识几个字。父亲为人厚道,也勤快。有一年春节,他帮邻居老奶奶贴春联,把两个横批贴反了,"年年有余"贴到了猪圈上,而"槽头猪壮"却贴到了屋里盛粮食的大缸上。大年初一来给老奶奶拜年的人不少,那些有学问的就发现了这件事儿,见到父亲时就和他开玩笑,说人家辛辛苦苦养一年猪,你却让人家卖不了,还有那大缸里装的小麦和玉米,你家是留着喂猪的?呵呵,你可真是咱村的秀才啊。虽是玩笑,可父亲听了,脸羞得通红,恨不得钻到地缝里。从那时起,父亲就有了自己的想法,就是砸锅卖铁,也要让孩子上学,去城里当个"公家人"。

我们兄妹三个人渐渐长大上学时，家里生活明显困难了，父亲就拼了死劲在队里挣工分。晚上回到家，母亲忙着做饭，他就蹲在昏黄的灯光下静静地看我们做作业，这个习惯一直保持了好几年。为了让我们安心学习，星期天和放学后父亲从不让我们干活，就是喂猪、放鹅这样的杂活，他也全部包揽了。每次试卷发下后，他都让我们拿回家，看着上面一个个红红的100分，父亲满脸漾着笑，开心极了。

上小学三年级时，由于骄傲，那年春节我考得一塌糊涂，没得到奖状。我背着书包在村口磨蹭到天黑才回家，知道我的成绩后，父亲大发脾气，狠狠地打了我一巴掌。那一晚，父亲就着咸菜，破例喝了一盅自酿的散酒，他红着脸，找出母亲给我缝制的新衣一下撕成了两半。第二天一早，父亲就起床了，他在客厅的一面墙上用白粉笔画了一个大大的表格，衬着黑乎乎的墙壁，很显眼。表格上分了三栏，是姓名、科目、分数，姓名栏填了哥哥、姐姐和我的名字，科目栏是语文和数学，分数栏是我们这次考试的成绩。父亲把表填好后，又把哥哥和姐姐的奖状贴在了表格的下面。看着哥哥和姐姐一蹦一跳地在院子里玩耍，我一点儿心情也没有，就躺在炕上睡觉。春节过后，新老亲戚就陆续来家里串门了。闲谈中，父亲总把话题扯到我们的学习上，还让他们到表格前观看，亲戚们边看边夸着哥哥和姐姐，也有鼓励我几句的。整个寒假，我几乎是在泪水和羞愧中度过的。

开学后，每次课堂上脑子开小差和想玩时，我就想到父亲画在墙上的表格，白晃晃地刺眼，怎么也抹不掉。我就暗暗下决心，好好学习，再到春节时一定让表格变变模样。很快，我的成绩就上去了。放寒假时，父亲很认真地把我们的成绩填到了表格里，下面又贴了三张崭新的奖状。那个春节，一家人都很高兴，父亲还给我买了小鞭炮,脆脆的响声陪了我一个假期。临开学时,父亲对我们说,以后谁的成绩在这个表格里最差,谁就下来和我到地里干活。我们听了,看着父亲严肃的神情,谁也没说话。

一眨眼,几年就过去了,表格下的奖状已经贴满了一面墙。哥哥和姐姐升入初中后,学的科目也多了,父亲就让哥哥帮着在另一面墙上重新画了一个表格。当那面墙上的奖状贴了一半时,哥哥和姐姐又升入高中了,也就是从那时起,表格上的内容就没再更新过。那一段时间,我曾疑心父亲是不是得了健忘症,就是背弯弯的很难适应他填表格的姿势了。直到我们兄妹三个人都上了大学,我才大着胆子问了一次父亲,父亲嘿嘿地笑着,说,你们长大了,懂事了,都知道好好学习了。我监督了你们七八年,也累了。

我鼻子一酸,这么些年也真难为父亲的良苦用心了。

鱼 头

他坐在病床前,握着母亲的手,望着她瘦削的脸庞,眼泪一下子就滑出了眼帘。母亲已经几天水米未进了。她的生命正在悄悄地走向终结。

您想吃点儿什么?儿子又一次轻轻地问。

母亲没有言语。她微微地睁开眼睛,目光缓缓地游离在丈夫和儿子之间。良久,她的目光定格在了儿子油光光的脸上。如今,母亲苍老了,眼皮松弛,眼角上的皱纹也已经很深了,早就失

去了年轻时的风采。但她的目光仍然是暖的,夹杂着些许的喜悦和哀怨,就那么软软地在儿子的脸上缠来绕去。

儿子的心儿一紧,眼角又有咸咸的东西滚落下来。

儿子小时候,家里特别穷。那时,农村没有什么稀罕的食物,一日三餐就靠咸菜疙瘩来下饭。很多家庭一连几个月都不见带油花的东西。在他的记忆中,最美的佳肴当属小咸鱼了。人们去集上买一种二三指长的小海鱼,用盐腌透,再晾干,用线穿成串,挂在灶房的墙壁上。逢年过节,或来了客人,才取下一点儿,用油煎得喷香,再慢慢享用。

那时,吃小咸鱼便成了他最大的奢求。往往鱼还没做,味儿便到处飘香了。馋得他像猫儿一样,伸着脖子,在灶房的门前转来转去。

每次吃咸鱼,总是先给父亲夹出一点儿下酒,余下的他便和几个姐姐疯抢起来,吵架甚至动手,那是常有的事。母亲坐在一边,望着几个抢食的孩子,总是微笑着,满脸的幸福。孩子吃罢了,母亲才夹起一两个指头肚大小的剩鱼头,有滋有味地吃起来。她从来不吐鱼骨,鱼头在她的嘴里反反复复地嚼细后,就咽肚里了。末了,母亲总是抹抹油渍渍的嘴巴,说声真香啊。

后来农村的生活逐渐好了起来,家里吃咸鱼的机会也多了,小咸鱼也偶尔换成了新鲜的刀鱼、鲤鱼等。可每次吃鱼,他和姐姐们还是争呀抢呀的,爱吃得很。母亲仍然负责收拾残局,把鱼头吃出了十足的滋味。

儿子长成大小伙子时,母亲爱吃鱼头的习惯还一直保持着。

他终于忍不住了,就问母亲。母亲说,傻儿子,鱼头里有脑子,营养多呢。

儿子就偷偷地笑了。他吃过鱼头,除了骨头就是骨头,还夹杂着一股泥腥味,有啥好吃的。他觉得母亲太有趣了。

多少年了,儿子在母亲暖暖的目光和鱼香的诱惑下,一直将书读到了省城。

现在,儿子早就是省城一个机关的负责人了。他天天忙得团团转儿,一年半载也难得回家一趟。有时静下来,又想不起到底忙了些啥。每天美酒佳肴,疲于应酬,儿时飘香在记忆深处的小咸鱼早就淡忘了。屈指算来,他已经三四年没和父母在一起吃顿家常饭了。

儿子突然觉得胸中被什么东西堵了一下,闷闷的。他把母亲的双手捧起来,放到自己的胸前。母亲的手已经干枯了,有点儿凉。儿子就那么怔怔地端详着母亲,许久,嘴角才浮上一丝欣慰。

单人病房里静悄悄的。

他有点儿高兴,悄悄地对父亲说,我想起来了,母亲最爱吃的是鱼头。这附近有一家砂锅鱼头,做的可好了,我去给母亲盛点儿来。

儿子的话显然让父亲感到了意外,他挠了一下头皮,酸酸地说,不用了,她已经咽不下了。

那看一眼、闻一下也好啊,鱼头可是母亲一生的最爱啊。儿子坚持着。

父亲看了儿子一眼,摇了摇头。

儿啊,你们姐弟几个才是你娘一辈子的心头肉啊,几个烂鱼头有啥好呢?

儿子听了,心儿一紧,好久没有说出话来。

一张存折

我回到农村老家时,已中午了。

一沓煎饼,一盘大酱,爹和娘正吃得有滋有味。见我进来,爹没吭声,娘满脸是笑,边招呼我洗脸,边去了厨房。一会儿,娘端了一盘炒鸡蛋进来,说,快吃吧,你可让娘想死了。

吃完饭,我犹豫了好久才说,我这次来,是想让爹娘去城里住,我们要买房子了,到时给你俩留一个向阳的房间。

是吗?娘显得很高兴。

我们买的是按揭房,可首付要十万元。

那么多?可买房是好事呢。娘边说边瞅了爹一眼。

我又说,爹,这座楼盘是全县质量最好、价格最低的,再不买就错过良机了。可我们小两口借遍了同学、朋友,还是凑不够首付,没有几天的期限了,真是急死人了。

爹正低着头,用火柴棒抠着牙,好像啥也没听见。

我急了,说,爹,这次说啥也要帮帮忙,多少给借点,我俩实在没法了。

爹这才抬起头说,你小子不是犟吗?上次来要钱买轿车,我不给,扭头就走了。还说再不认我这个爹了,你这一走可是一年啊。你娘想你哭了几次你知道吗?

我的心儿一紧。

爹起身去抽屉里拿了一张纸片递给我,这是三万元的存折,拿去买房吧。我和你娘省吃俭用就是等着这天的,买房子就是砸锅卖铁我也支持。可连个窝也没有,就要买轿车装阔,那不是瞎胡闹嘛!

我的脸一下就红了,说,爹,我错了。等房子钥匙拿到手,就接你们去城里。

爹说,城里就不去了,我和你娘在家侍弄着责任田,多少还有些收入,你们以后还贷时也好添补点。

我的泪在眼眶里转了几转,终于滚了下来。

宝葫芦

他六十岁那年,硬是拼了老命给儿子盖起了四间大瓦房,又求亲告友给大龄儿子订下了一门亲。儿媳娶进门的那天,他高兴得像一下年轻了好多岁。

可儿子结婚没几天,儿媳就提出和他分开过。他点了点头,就抱着铺盖去了老屋。老屋阴暗潮湿,四面透风。晚上他躺在大炕上睡不着时,就想这土炕当年可是自己的喜床啊,儿子降生后,一家人就挤在土炕上,真是暖和啊。可妻子命短,那时儿子才五岁,自己又当爹又当娘地拉扯着儿子长大成人,不容易啊。那时的日子是凄苦了些,可现在想来和儿子相处的那么些年,还是很幸福的。以后的日子里,他就盼着儿媳给他添个孙子,趁着自己身子骨还行,再把孙子看大,就是死了也值。也不知儿子整天忙些啥,十天半月偶尔过来一次,不是瞅他的酒瓶,就是向他要零花

钱。终于有一天,邻里的老哥们对他说,你好福气,你有孙子了。他听了,就小跑着到大街对面的儿子家,可每次都大门紧闭。

有一天,儿子赵吉平去父亲的老屋拿东西,竟发现了一个秘密。父亲趴在桌子上正在看一张揉皱的纸条,边看边嘿嘿地笑着。儿子心里疑惑,就把纸条夺了过来。纸条似乎是一张遗嘱,大致意思是自己死后所有财产和"宝葫芦",都留给一个叫铁蛋的人,下面还有父亲歪歪扭扭的大名。儿子就问怎么回事,父亲一言不发,仍旧嘿嘿地笑着。儿子这才发现父亲目光呆滞,好像傻了。

为了弄清遗嘱中的铁蛋和"宝葫芦",儿子赵吉平把父亲送到了医院。经过检查,原来父亲因精神受到刺激失忆了,记忆只停留在二十多年前的一些琐事上。要想恢复,只能顺其自然。

这下儿子急了,心想你把纸条上的意思交代清楚再失忆也不迟啊。对于"宝葫芦",他觉得有些玄,自己家穷得叮当响,怎么会有那宝物。可又一想,没影的事儿父亲咋就写在纸上呢?说不定是父亲的意外之财呢?还有这个叫狗蛋的人,莫非是父亲年轻时和其他女人的野种?他越想越害怕,觉得抓紧把"宝葫芦"找出来据为己有,就不怕野种分财产了。可儿子搜遍了屋子里的角角落落,就连父亲睡觉的土炕都拆了,也没见"宝葫芦"的踪影。儿子不甘心,就关起院门,锨镐齐下,和妻子刨起院子来,可整个院子被深翻了一遍,还是没见"宝葫芦"的半点儿影子。赵吉平急得坐立不安,只好去问父亲,可他除了傻笑,根本不说一句话。

心稍微静下来的时候,赵吉平就慢慢回忆和父亲一起的日子。自己七八岁时,整天饿得哇哇叫,有一次父亲去偷生产队的嫩玉米,被逮住后被拖去满村子里游街,现在想想都脸红。十几岁时,自己得了一场大病,父亲变卖了家里所有值钱的东西,又借遍了亲戚朋友,才把自己从"鬼门关"拉了回来。上高中时,父亲为了自己的学费,曾愁得整夜睡不着,事后才知道他偷偷卖了好多次血。自己成亲时,为了媳妇家不反悔,父亲拿出了所有积蓄又去银行贷了一些钱,才把老婆娶进了门。赵吉平越想越觉得这事蹊跷,父亲要是真有"宝葫芦",那些年也该换钱了。想归想,儿子还是不死心,就去村里找到了父亲要好的朋友丁大伯。

赵吉平就问:我爷爷以前是有钱人吗?丁大伯满脸疑惑,摇了摇头。

赵吉平又问:那我父亲年轻时有相好的?丁大伯又摇了摇头。

赵吉平没办法,就把"宝葫芦"和狗蛋的事儿说了。丁大伯的脸色一下凝重起来,他皱着眉想了很久,眼角竟红了,许久才说,你父亲是有一个"宝葫芦",你小的时候他经常带在身边的,可那是一个装"敌敌畏"的小葫芦啊。那时你家穷,夏天连架蚊帐也买不起,你又特别怕蚊子咬,你父亲就想出了一个办法,把"敌敌畏"挂在自己身上,搂着你睡觉,蚊子闻到药味就飞了。日子长了,你父亲皮肤中毒还闹起了瘙痒。那几年的夏天,你父亲带你走到哪,那个小葫芦就跟到哪,那可是他的宝贝啊。

赵吉平听了,啥话也说不出。

丁大伯又说,你的名字叫吉平,父亲是希望你一生吉祥平安。你上学前,你父亲揣着一瓶好酒去邻村请人给你取名字,那瓶酒你父亲硬是留了一年自己没舍得喝。你知道你很小的时候叫啥名字吗?

赵吉平说,不知道。

那我告诉你,你叫赵狗蛋!你父亲觉得太土,怕辱没了你这个大孝子,才给你改了名字!丁大伯说完,气得胡须一抖一抖的。

赵吉平的脸涨得通红,愣了一会儿,拔腿就走。边走边说,我错了,我哪像个人呀。我现在就去看看我爹,给他做点儿好吃的。

不让见面的恋人

陆小可一个下午都在忙着收拾行李。他把一大摞信件从抽屉里拿出来,仔细地端详好久,再小心地放进身旁的行李箱里。陆小可整理信件时数了数,这是207封信。他满脸漾着笑,连目光也是温和的。

陆小可在等最后一封信,也就是第208封信。信一收到,他就要去省城和心上人见面了。

四年前,陆小可高考落榜,在那个灰色的日子里,他又迎来了一生中最黑暗的日子,父母双双死于一场车祸。当时陆小可感到天都塌了,自己孤单一人,真想一死了之。

那时,他居然迷上了省电台的一档交通节目,无论是忙是闲,口袋里总装着一台袖珍收音机,到时间就听。他的迷恋当然与自己的家庭遭遇有关,他在关注着很多和自己一样的家庭,更在倾听着那些身残志坚的人的创业故事。当然,这个节目的主持人林晓更让他难以忘怀。林晓是个很年轻的女孩,有着亲切又富含磁性的声音,陆小可每次听了,都觉得心里暖暖的,说不出的温馨。

时间长了,陆小可就在心里偷偷勾画林晓的样子,她应该是一个漂亮的女孩,眼睛很大,一笑还有两个酒窝。对了,她应该还有一头瀑布般的长发和高挑的身材。想到这里,陆小可忍不住笑了。有好几次,陆小可就想打节目直播时的热线,和林晓聊一聊,把自己的困境和迷茫说给她听。可每次按下号码,他觉得心"咚咚"地跳得急,似要从嘴里跳出来,他只好匆匆地挂断电话,摸着发烧的脸不知所措。

一次,陆小可鼓起勇气给林晓写了一封信,除了说自己是她的忠实听众外,还诅咒该死的车祸把自己害得无所事事,整天不是窝在家里睡觉,就是去街上和人打架。没想到,不久他就收到了回信。信写得很长,字迹也很工整,她鼓励陆小可要忘掉过去,学会站立,当然是精神上的站立,勇敢地走出去,用自己的劳动创造财富,让自己活得灿烂些。信读完的那一刻,陆小可很激动,自己十九岁了,是该出去闯荡一番了。可转念一想,该干什么呢?自己从小到大啥也没干过,父母每天在这座小城里起早贪黑,总是省吃俭用也不让自己受一点委屈。可现在,陆小可想不下去了,眼泪也止不住地流下来。他推开窗户,呆呆地望着对面的马路。他看到了几个抱着一沓传单到处散发的人,他一喜,觉得这个工作好,不用本钱,也挺轻松的。可陆小可干了不久就烦了,一天要发几千甚至上万份传单,腿都跑断了。陆小可又看着干保安挺精神,可一上班,没白没黑的,有时还要担着一份责任,最关键的是上班时间不能听收音机。这下,他是说啥也不干了。

再给林晓写信时,陆小可又把自己的困惑说了,他说,父母活着时没觉着怎样,没想到钱真是不好挣。看来,自己这辈子也没啥指望了,就慢慢地瞎混吧。末尾还写了一句:我爱你,真想和你在一起。这本是一句玩笑,可林晓来信时却当真了。她说,好呀,可你要干出一份属于自己的事业来,要不你怎么给我幸福呀。陆小可当时就傻了,觉得林晓不会是骗自己吧,天上哪会掉馅饼呀。他又给林晓写了一封信。林晓回信说,是真的。从今以后,你一个星期给我写一封信,要把自己的工作情况和心情如实写上,我每次也给你回信,也写上自己的感受。但我只给你四年的时间,你要觉得你能独自撑起一片天空了,就来找我,否则咱俩就各奔前程。只是这四年里,你不能打我电话,更不能来省城看我。陆小可——应允。

也许是爱情的力量,四年里陆小可表现得非常坚韧,风里雨里吃尽了苦头,一直在顽强地创业。他干过很多苦力,也摆过地摊,收过破烂,虽苦但快乐着。现在,陆小可是一家小型建筑公司的经理,还经营着一家不大不小的超市。有房有车,在小城也算个中产阶级了。

终于,林晓的第208封回信到了。陆小可读完信,知道林晓也盼着和他见面,非常高兴。他把信放进行李箱,整整四年的光阴和情感也就齐了。陆小可感慨万分,没有林晓这些满含鼓励和牵挂的回信,自己现在还不知道会是啥样呢。

见到"林晓"是在省城比较有名的一个广场上。"林晓"的确和自己想象中的一样,很漂亮。陆小可把一大束火红的玫瑰花递给"林晓",并朝她深深地鞠了一躬,说,谢谢你四年的鼓励和牵挂。

"林晓"脸一红,从挎包里拿出一张照片,说,你该感谢的是她。

照片上是一个脸上有严重烧痕的女孩,坐在一辆轮椅上。她微微地笑着,眼里满是自信。

这是?陆小可欲言又止。

这才是真正的林晓,我是她的同事。她在四年前的一场火灾中为救一个孩子烧成了残疾,但她特别热爱她的工作,依然用甜美的声音和无私的胸怀为听众服务。就在那时候,你给她写来了第一封信,她不愿看到你的放任和消沉,才和你有了这208封信的"成功之约",林晓姐可谓用心良苦呀。

那,林晓呢?陆小可有些懵了。

就在和你通信的第三年,她患了绝症。她走前,又和我有了一个秘密约定。让我接替她主持节目时名字不要改,并且每次都要模仿她的笔迹给你回信。我做到了,林晓姐地下也该含笑了。

陆小可在一旁听着,脸憋得通红,有些哀怨。

林晓,我的爱人!我今天来是想告诉你,这几年我资助的几个贫困学生还等着吃咱的喜糖呢。陆小可突然一声哀号,眼泪叭叭地滚落下来。

温　情

一大早,牛所长就开车来到了百里之外的一所监狱。他要接一个叫张大毛的小伙子,今天是他刑满释放的日子。

牛所长在一所乡镇派出所上班,虽然平凡,也破获了不少案子,在所里被称为"神探"。他认识张大毛纯属偶然,那是在自己一个亲友的丧礼上。因在农村,亲友的丧礼雇了响器班子,吹吹打打中,牛所长被一个吹大喇叭的孩子吸引了。说是孩子,是因为他长得很有孩子气,黑瘦,一脸的无邪。吹起喇叭来,两个腮帮子鼓得老高,小脸憋得通红,很卖力。吃完午饭,牛所长见他还在灵棚旁的桌子上喝酒,就过去和他聊了几句。

牛所长穿便衣,没人知道他是警察,说话就随便了许多。牛所长问了他的名字和年龄,知道了他叫张大毛,并且刚过了十八

周岁的生日。又问了他为啥不上学,为啥学吹大喇叭,又为啥喜欢喝酒。张大毛显然有些烦,把杯子里的酒一饮而尽,梗着脖子说:"你问得可够多的,我就回答你一件事。我喜欢喝酒是因为酒能让我兴奋,兴奋了,我才能把大喇叭吹好,吹好了,主家就能多赏我些钱。"他说完,嘿嘿笑起来,竟一脸的狡黠。牛所长有些尴尬,转身刚要走,却被张大毛拽住了。张大毛说:"这家的儿女都挺孝顺的,哭得让人揪心呀,你应该知道死者的儿子叫什么吧?"牛所长说:"当然,我们是亲戚呀。"张大毛又说:"对了,你连他的电话号码一起给我吧。"牛所长眉头一皱,说:"干吗?"张大毛说:"你这亲戚人厚道,我想让他打听着村里再有丧礼用吹喇叭的给我打个电话,免得班子里管事的'扒层皮',那样我就多赚些钱了。"牛所长说:"你年纪小,咋光知道赚钱呢?""赚钱娶媳妇呀。"牛所长一笑,爽快地说:"行!我告诉你。"

几天后,所里接待了一个报警的,竟是牛所长的亲戚,那天丧礼上死者的儿子。他说自己父亲埋在坟里的骨灰盒被人盗挖了,盗挖人给他打了一个电话,让他往一个指定账号里打两千元钱,就告诉他骨灰盒在什么地方。牛所长闻听头一下就大了。类似的案件所里已经接到多起了,一直破不了,他心里正堵得慌。牛所长调整了一下自己的情绪,说:"不要急,我们一定尽快破案,让老人家的在天之灵得到安息。"他安慰了亲戚几句,让他回家了。

牛所长坐在椅子上,点了一支烟,微闭双眼想那天丧礼上的点点滴滴。他脑子里出现吹喇叭的张大毛时,心里猛地"咯噔"了一下。他那天酒后向自己打听亲戚的名字和电话,会不会和盗挖骨灰盒有关呢?他说想让亲戚给他介绍一些吹喇叭的活,为了省些介绍费,可听人说响器班子是一个整体,根本一人干不了活,也不存在介绍费的事儿。这时,张大毛狡黠的笑在他眼前闪现,他越想越觉得此事蹊跷,张大毛定有重大嫌疑。

等牛所长带着助手小黄找到张大毛时,他刚从外面吹喇叭回来。牛所长出示了工作证,说找他调查点事儿,并让小黄到院子里到处看看。一会儿,小黄快步走过来,说:"牛所长,在南墙角的一个破棚子发现了三个骨灰盒。"牛所长嘴角浮上了一丝笑意,对张大毛说:"走吧,跟我们去一趟派出所!"

张大毛还算识相,什么都招了。他说这多起盗挖骨灰盒的事儿都是他干的,他愿意接受惩罚,就是放心不下自己的母亲。原来,张大毛的父亲死得早,他和母亲相依为命。母亲有病,腿脚也不好,自己辍学后,为了赚钱就跟人学了吹喇叭,但还是入不敷出。想想母亲每天的药费和父亲留下的欠债单,愁得慌,就想了盗挖骨灰盒的馊主意。张大毛说着,泪流满面。

牛所长鼻子一酸,说:"日子是苦了些,但好好干,总有出头的一天。实在扛不住了还有社会这个大家庭帮你呢,干吗要做偷盗勒索的勾当呀?"张大毛哭得更厉害了,说:"我错了,我对不起我娘呀。"

张大毛案发后,经过法院的审理,获刑两年。即将被警车拉走时,牛所长来了。他拍了下张大毛的肩膀,说:"安心服刑,好好改造,是我把你送进监狱的,到你刑满释放的那天,我还会接你回来的。"张大毛点了点头。

一眨眼,刑期就满了。

张大毛被管教送出监狱大门时,转过身,朝他们深深地鞠了一躬。他看到牛所长时,显然吃了一惊,泪水一下又涌了出来。牛所长接过行李,朝张大毛一笑,说:"走,咱们回家,你妈妈等着你呢。"

走到院子里,张大毛站住了,两眼看来看去的。这时,母亲拄着一副双拐出来了。她说:"孩子呀,你走后,牛所长领人来给咱修了房子,也重新砌了院墙,地里的农活也给包了,我要是没有所里警察照顾着,恐怕今天也见不着你了。"张大毛抱住母亲,娘俩哭作一团。

这时,牛所长从口袋里摸出一沓钱,塞到张大毛手里。说:"这是一万块钱,就算我借你的,你当本钱,做个小买卖吧。以后有啥困难,尽管说。"

阳光暖暖地照在小院里,一片温馨。牛所长朗声说:"大毛,先扶你娘进屋喝点水,我去割点肉买些菜,今中午咱包水饺,吃顿团圆饭。"

笨哥哥

小时候家里穷,每次偶尔有个熟鸡蛋、糖果啥的好东西,父亲总是给我和哥哥出题,谁答对了谁吃。哥哥很笨,七八岁时连个简单的加减法也不会。譬如,父亲问他:一加一等于几?他答:三。父亲再问:三减一等于几?他答:一。我忍不住想笑,都要笨死了,还吃啥好东西呀。

就这样,家里的好东西断断续续都进了我的肚子,童年也眨眼成了美好的回忆。

后来,哥哥竟出奇的聪明,读书更是好手,一直读到了名牌大学的博士生。

再后来,我得了那种需要骨髓移植才能生存的病。父亲和哥哥一下乱了阵脚,好像得病的是他们。哥哥每天除了跑医院照顾我就是在网络上和医生一起为我联系配型的骨髓,父亲则默默地坐在我的病床边。从父亲的神情和举动,我能猜到他内心的沉重。

突然有一天,父亲告诉我,终于在台湾找到配型的骨髓了。家里的房子也找到了买主,过不了几天,就能手术了。父亲眉眼舒展,快乐得像个孩子。

身体康复的那天,我忍不住问父亲:你和哥哥为我付出了那么多,可为什么就不能付出一点骨髓呢?咱们的骨髓最亲呀。

父亲唉了一声,好久没说话。

你哥哥是我的亲生儿子,而你是你母亲带着来到这个新家庭的。你父亲死时,你还小,你母亲也是没法呀。可好景不长,你母亲也染了重病。走前,她抓着我的手不放,让我好好待你,好好待你呀。

泪眼蒙眬中,父亲喃喃说着:二十年了,咱是一家亲呀。

儿子来电话

一大早,村里的张嫂就来喊卢老二接电话,可把他乐坏了。

张嫂在卢村开了个杂货店,当然也装了一部公共电话。村里的人都穷,装不起电话,家里家外的联系就靠张嫂店里的这部电话。卢老二来时,张嫂正忙着,就说,等等吧,你家大宝过会儿就

打过来。卢老二就坐在一旁的小凳上,抽烟等着,丝丝缕缕的烟雾中一脸的自豪。

卢老二腿有残疾,三四十岁了才娶了个驼背媳妇。儿子出生后,自然很娇惯。那时,田里的活儿再累,卢老二也拖着残腿自己去干,让妻子在家照顾儿子。平日里,家里做了一点儿好吃的也留给大宝,衣服更是换着花样给他买新的穿。儿子在村里上小学时,遇上刮风下雨,卢老二就背着大宝上学和回家,有一次摔了一跤,在家躺了十几天。久了,村里人就说,孩子太娇惯了不好,让大宝吃点苦锻炼一下吧。卢老二总是一笑,说俺乐意呢。眨眼,大宝就大了,都高出父亲半个脑袋了,可是,别说干农活,偶尔去趟田里,居然连高粱玉米也分不清。村里人就笑他,说大宝也太无用了,这以后可怎么种田活命呀。卢老二听了,就梗着脖子跟人急,说,你怎么知道大宝要种田的?俺家大宝是一定要考上大学走出小山村的。村里人就摇摇头,不吱声了。

大宝尽管娇惯,但天资聪慧,学习也非常刻苦,真就考上大学去了北京。卢老二高兴得不行,儿子走的那天,他真想陪儿子一起去,顺便逛逛天安门,看看升国旗,那是何等的荣耀呀。他含糊地说了几次,大宝没吭声,等他把爹东借西凑的学费仔细放进背包的夹层后,瞅着卢老二的瘸腿,才淡淡地说,以后吧,有的是机会。卢老二笑了,满脸的皱纹舒展开来,很耐看。

卢老二去镇上送儿子,走到张嫂的杂货店时,突然停下了。他进去买了一盒好烟,边给店里店外闲聊的人散烟,边大声对张嫂说,你把店里的电话号码写给大宝,以后怕少不了麻烦你的。那些接了卢老二香烟的人,边美美地吸着,边顺势夸赞大宝几句。卢老二听了,心里像是喝了蜜。

大宝走了不久,就把电话打到了张嫂的店里。卢老二接电话时,才知道儿子想买部好一点儿的手机。卢老二几乎想都没想就答应了。他说,同学都有了,咱也要有,过几天就给你汇钱。卢老二回到家,把圈里的猪卖了,又卖了一些粮食才凑足了买手机的钱。临近春节时,大宝又打回了电话,说自己想有台电脑,班里的同学都有了,他们在电脑上既能学习还能找对象,自己馋得要疯了。这次卢老二没有当场拍板,他顿了顿,说,大宝呀,电脑咱明年买吧,等小麦收下来,那时圈里的小猪也大了,我再抽空出去打工赚些钱就齐了。可大宝听了,赌气地说春节我不回去了,起码能给你省下来回的路费呢。放下电话,卢老二的心里堵得慌,觉得自己没本事,让儿子在同学面前变矮了。回到家,卢老二郁闷了好几天,就硬撑着身体到镇上打工了。

直到火红的对联贴到了大门上,也没见大宝回来,卢老二就去张嫂的店里给他打电话。大宝说,自己正在处对象呢,先不回家了,等明年春暖花开,就领着媳妇回去。卢老二听了,高兴得一个劲儿地点头。他说,我和你娘正给你凑买电脑的钱,你回来时,把留着给你娶媳妇的几棵大树也卖了,就差不多了。这个春节,虽然大宝没在身边,但老卢夫妻俩还过得有滋有味。

卢老二等电话的时间里,张嫂店里的顾客也多了起来。有人就问,老二,在等大宝的电话吗?卢老二就高兴地应着,是呀是呀,听说要带媳妇回来看看呢。

电话铃终于响了。卢老二奔过去,一把抓起话筒放在了耳边。刚聊了几句,就见卢老二眉头紧皱,说,宝呀,咱好好的汉族,你不该改成月光族呀!店里的人隐隐听到这些,也都围过来看热闹。什么?我给你寄去的钱到月底就花光了?像你们这样的大城市里都叫月光族呀。呵呵,吓我一跳,没事儿的,民族没改就中。看热闹的人也被逗乐了。卢老二和儿子又聊了一阵儿,可越

聊脸色越难看,嘴里只是"嗯嗯"地应着,完全没了刚才的神气。放下电话,卢老二甩给大伙一个后背,就一瘸一拐地走了。回到家,他抹了把眼泪对老婆说,大宝不要咱俩了。老婆吃惊地望着他,为啥?卢老二唉了一声,大宝说那个和他谈恋爱的女孩不喜欢老人,怕以后有负担,何况咱俩又是残疾人,大宝就说自己是孤儿。他还说,要是我们不离开他,女孩肯定离开他,他心里难受,让我们拿主意呢。

院子里,老卢夫妻俩一脸的不安,好像自己犯了错。

妈妈的故事

每天早晨,看着小伟发给我的祝福短信,我总是想,是将四年的恋爱继续下去,还是到此为止呢?小伟对我是不错,可他无房无车,太穷了。

我时不时地陷入了迷惘中。

妈妈就说,我给你讲个故事吧。

二十多年前,有一个男孩爱上了一个女孩,女孩对他也很痴心,但女孩的父亲却极力反对,因为男孩家太穷了。男孩和女孩是邻村,男孩约女孩出来见面时,他就学青蛙叫。那天飘着小雪,"青蛙"在外叫了半天,也没把女孩盼到。原因是他俩约会的暗号被女孩的父亲识破了。

女孩父亲说,我不同意你嫁给一个又穷又傻的人。

女孩一脸疑惑。

这大冬天的,哪有青蛙叫呀?这人脑子不行!

以后,男孩还是不断地追求女孩,他在女孩家的院墙外学各种动物的叫声。春天学布谷,夏天学青蛙,秋天学耕牛,冬天学狗叫。总之,每个季节里男孩看到什么就学什么。他虽然没能约出女孩,但他要让女孩知道自己随时都在向她表白爱情。

终于,女孩的父亲被男孩的执着打动了。两个年轻人幸福地走到了一起。

后来,那个男孩竟成了一名出色的口技表演家。

妈妈停顿了一下,轻轻说,那个男孩就是你爸爸。

我唏嘘着,竟有些呆了。

妈妈说,人生就是一棵花树,一件如意的事儿就开一朵花。你能得到真爱就知足吧,至于财富那是后话了。有时我也在想,生活本身就充满了太多的未知,也许花开两朵、三朵呢?

飘香的秋天

秋天的时候,我从城里调到乡下的一所学校当校长。上任的当天,办公室里摆放的菊花给了我很深的印象。那是十几盆盛开的菊花,颜色各异,生机勃勃,那种让人倍感温馨的气息溢满了整个房间。

"这菊花真美呀。"我情不自禁地称赞道。

"美是美,可总觉得心里别扭。"站在一旁的小刘老师说。

"怎么会呢?"我笑着问。

"哎,马校长,这花儿是前几天我们镇的上一任老教委主任送来的。他蹬辆三轮车,边卸车边说是送给我们的,鬼才相信呢。老主任在任时清正廉洁,没想到退休了倒不顾晚节了。"

"送几盆花而已,这和晚节有什么关系呢?"我有点儿不解。

"马校长,你想想,现在社会上各行各业的人都把钱赚到学校里来了,联系校服的、图书的、保险的,就连校门口那个卖冰棍的老太太都赖在那里,撵都撵不走。你说这花能白送?等着吧,过几天就会有人来收钱的,价钱保准比市面上高几倍。"小刘老师一副胸有成竹的样子。

"不可能吧?"我有些疑惑。

这会儿小刘没再言语,他脸上漾着一种叫人不易觉察的笑。

一眨眼,十几天就过去了。这些日子里,我坐在溢满菊香的办公室里办公、备课,精神清爽,与小刘老师的那番对话也早就忘了。

我有个早起长跑的习惯。那天,我跑到镇教委附近的一条小路上,见一位老人弓着身子,正吃力地蹬着三轮车爬一段上坡路。车斗里是十几盆溢香的菊花,那欲滴的青翠随着老人双腿的屈伸而不停地抖动着。我忙跑过去帮老人推车子,翻过坡路,老人停下车子,很客气地说了声"谢谢"。

我问:"大爷,赶集去卖吗?"

"不是,我要去一所偏远的小学校,把这些花送给老师们。"

"您这么辛苦,就不收点儿钱?"

"说来不怕你笑话,我是个老教师。退休后闲着没事,就在小院里侍弄了几百棵菊花,趁天气还没冷下来,就挨个学校给老师们送几盆看看,也好让他们在课间轻松一下嘛。"

听着老人平淡的话语,我突然想起了办公室里的那些菊花,自己也正被一位老人默默地关心着、呵护着,心情一下子激动起来。

"您……您就是我们镇教委刚退下来的老主任吧?"

"是呀,"老人见我还要问下去,就打断了我的话说,"我得走了,还有五六个学校没送到菊花呢。"

望着老人渐渐远去的背影,我忽然觉得这个秋天,有这些菊花悄然点缀,更显得美丽多姿了。

旗　手

明爷是名旗手。

据说有一年连队和鬼子展开了肉搏战,为了护住插上高地的战旗,明爷硬是用旗杆刺死了两个逼上前来的鬼子。他扛着战旗跟着部队转战南北,直到天安门城楼升起了五星红旗,他才放下了肩头的旗帜。

这是五十多年前的事了。为此,村里不少人不止一次地问过明爷,你十七八岁就果真那么英勇?看着众人满脸的疑惑,明爷嘿嘿一笑,这还有假,我有政府发的"牌牌"呢,抽空让你们瞧瞧。说这话时,明爷还在村支书的位子上,听的人就笑笑不语了。可多年过去了,谁也没见过明爷的"牌牌",就有人疑心他钻了革命的空子,才换来了今天的荣誉。

如今,早就退了位的明爷已是八十岁的人了,但在村里还留着几个顾问的头衔。他每天除了照看一下小孙子,余下的时光便

扛着铁锹在村里村外转悠,哪里的路有坑了,他就填上几锹土,哪里生了野草,他也顺手拔几把。时间长了,就有人说,明爷神经不正常,不然,村里又不出报酬,他瞎忙活啥呢。

要说明爷有点儿发疯,是两个月前的事了。那些天,村里大搞房屋规划,扩街通巷。当大路扩向村外的丰产区时,村民却和村委僵住了。在村口那片丘陵地上,不少村民栽植了树木,还有一些零星的坟头,要让村民挖树刨坟,真不是一件好办的事。在丘陵地上,也有明爷儿子的几十棵树,他也和村民一样迟迟不肯动手。明爷知道了,火气一下就上来了。没出息的东西,修路是件好事啊!他骂了儿子一句,操起一把斧头就奔儿子的树去了。老伴和儿子气得不行,说,林子又不是咱一家的,你凭啥逞能?明爷腰板一挺,就凭我是个旗手!语出惊人,大伙儿见明爷如此大气明理,都纷纷砍了树木。不多久,宽阔平坦的大路就修成了。

为此,村委准备授给明爷一块"时代旗手"的横匾。明爷听了,脑袋摇个不停,说,这点小事不值得,等我做了像杀鬼子一样的事情再给我。没想到这话不久就应验了。

这是个暴雨成灾的七月。经过几天的降雨,村子东面那条南北走向的大河便涨满了水,水流湍急,一口口吞噬着两岸的堤坝。人们的心悬着没几天,堤坝就决口了,浑黄的河水卷着浪花向村子奔来。人们纷纷涌向堤坝,手忙脚乱地忙活起来,有人见水势凶猛,吓得掉头就跑。几百口人乱糟糟地挤在堤坝上,像一支没了主帅的败军。这时,明爷扛着一杆鲜红的旗帜跑到堤坝,高喊一声,老少爷们,无论如何也要堵住堤口!说罢,举旗跳进了堤口,他身子晃了几下,水一下就漫到了胸口。水中的旗帜鲜红鲜红的,像一支跳跃的火把,在大风中猎猎作响。人们一下受了鼓舞,纷纷跳进水中,手挽手,筑起了一道钢骨人堤。镇上得到消息后,立即召集大批群众带着堵堤物资涌向堤口。

堤口堵住了,明爷却抱着旗杆倒下了。人们这才看清明爷双手攥着的竹竿上系着一条鲜红的被面,这是他珍藏了几十年的一件礼物啊。

明爷弥留之际,床前挤满了人,村委会主任问他有啥交代的。他费了好大劲说了一句话:入党时,我说过要把旗帜扛到死,我做到了。说完,用手指了指枕头边的小木盒。儿子打开,是满满的一盒军功章,亮闪闪的,映得明爷满脸的灿烂。

乡村爱情

勇得了急病,才三十出头的年纪就走了。

媳妇兰花哭得很揪心,泪珠子"吧嗒嗒"地落到勇的脸上,女儿伸出小手在爸爸的脸上擦了又擦,可泪却越擦越多。

兰花觉得,自己的天塌了。

夜里,兰花就躺在炕上"烙饼"。勇生前是个窑匠头,整天早起晚归在外做活。兰花忙完家务,就做好晚饭等勇回来。热烘烘的炕头上,勇就给兰花讲笑话,逗得她躺在勇的怀里,咯咯地笑。想着想着,兰花就觉得憋屈,泪水把枕头打湿了一片。

突然,院子里的小鸡"叽叽喳喳"地叫了一通,院外也似有人扭打的声音。她慌慌地爬起来,拿手电从窗子照到了院子,也没见啥,就躺下了。她一会儿想到白天男人们看自己火辣辣的眼光,一会儿又想到有人要偷她的小鸡,要撬她的房门,就吓得用被

子捂住头,大气不敢出。女儿被折腾醒了,缩在兰花的怀里不停地哭。

好难挨的夜。

清晨,兰花去开院门,"骨碌"一声滚进一个人来,把兰花吓了个半死。那人爬起,拍拍身上的草屑,快步走了。

他叫广全,人厚道勤快。年轻时,家里穷,兄弟又多,就把娶媳妇的事耽搁了。如今快四十了,还打着光棍。以前跟着勇做活,从未落下一句耍懒的口舌。每次收工,他总是把落地的灰浆铲在一起,再把砌墙的家什擦净拾好,才肯离去。那心,比女人的还细。

难道他想对自己图谋不轨?兰花不敢想了,真是人心隔肚皮啊。

过了不久,来了个媒婆。说男方是个小老板,老婆刚死了一年,家里盖了楼房,又有轿车,钱不缺,就少个暖被窝的。

兰花没吭声。她早就听说过这个男人,是个色鬼,老婆受不了他的变心,就喝了农药。兰花用衣袖擦着眼睛,对媒婆说,我累了,你走吧。

媒婆闹了个没趣,扭扭屁股走了。

接下来的日子,说媒的来了不少,可兰花总觉得不可靠,心里空落落的,都婉言谢绝了。于是,村里就有了闲言,说兰花不嫁,肯定是偷养着汉子。兰花听了,心都碎了。

几天没到田里,可田里的景象倒使兰花愣了。

玉米地里的草锄得干干净净,肥也施过了。谁干的呢?兰花不相信世上还有这么好的人,她心头儿一热,想哭又止住了。为了找出帮他的人,兰花使了一计。

兰花发了泼,从街东骂到街西。

是谁给俺的玉米施的肥?把叶子都弄黄了,叫俺孤儿寡母的吃啥?

叫了一阵儿,兰花就到玉米地躲了起来。

不一会儿,广全就慌慌张张地跑到了地头,里里外外看了一遍,用手摩挲着脑袋,讷讷地说,这不是挺好吗,咋说弄黄了叶子?

兰花的心一咯噔,会是他?可那天清晨他不是心怀不轨吗?她越想越糊涂。

广全迈开步子走了。

回来!兰花冷不丁喊了一声。广全打了个激灵,愣是站在了那里。

为啥给俺玉米施肥?想糟践俺娘俩是不是?连工夫算上,俺给你钱!装啥好人!兰花气不打一处来,把肚里的窝囊气全泼给广全了。

广全一脸的窘样。俺有的是力气,看你可怜,就想帮帮你。

可那天清晨,你蹲在俺门口做啥?

干……干保卫呗。那天晚上俺从你门前走过,见墙上趴着个人,是无赖三狗,俺就把他拽下来打跑了。怕他还回来,俺就守在门口,谁知就……就睡着了。

兰花一下子没了言语。想想大半年来的日子,苦的、咸的一起涌上她心头。

广全大哥,俺冤枉你了。兰花眼角一热,想哭却笑了。

没啥要紧的,以前你和勇待俺那么好,俺报答还来不及呢。以后有啥事,尽管说。

兰花脸一红,望着广全说,你待俺这么好,今中午就去俺家吃饭吧。

那不中,让人看见又该说闲话了。

说闲话咋了？你害怕了？兰花一下上了火。

俺怕啥？还不是为你，一个女人太不容易了。

俺还要让你搬到俺家住呢，也好互相有个照应，愿意不？兰花的脸红红的，她也不知自己哪来的勇气。

别，俺不配，穷得叮当响，连累你呢。

可你心眼好，会疼人。兰花一脸的真情。

广全说，你不怕闲话？

受的罪够多了，为啥还要作践自己呢？兰花满脸漾着笑。

那行。

广全一下把兰花拥在怀里，咧开大嘴，憨憨地笑了。

卖　水

丰爷有口老井，是祖上连同两间破茅屋一起传给他的。

这是一口上好的老井。井水冬暖夏凉，四季清纯，据说一二百年来从未枯竭过。这井水到底滋润了多少代龙泉村人，谁也说不清。

到了丰爷这辈，村里不少人打了压水井，可水质比起老井来，相差甚远，总有一股涩涩的浊味。于是，丰爷的老井旁每天便站满了打水的人。老井原先在丰爷的院子里，用一道矮矮的篱笆墙与大街隔开。丰爷孤身一人，又无啥值钱的家当，为了方便乡亲打水，就拆了篱笆墙。

闲暇的时候，丰爷便坐在凳子上，乐呵呵地看着乡亲们打水，有时也顺便照看一下跟着爹娘来打水的孩子。每天丰爷都把老井的周围清扫得干干净净，遇上雨天或者刮大风，他都用木板把井口盖严。

丰爷把老井当成了自己的命。

他把老井贡献给大家，分文不取，自然赢得了好人缘。那些同龄的老人也爱找他凑堆儿，每天说说笑笑，丰爷觉得活得很充实。

可这些日子，丰爷总让村里的广播喇叭吵得心烦。仔细听了，却是南方发了大水，号召大伙儿踊跃捐款，让受灾的人们重建家园。丰爷的心一紧，啥也没说，只是拿眼使劲瞅了瞅那口老井。

第二天，人们再去打水时，却发现丰爷坐在老井旁，身边竖了一块木牌，上面歪歪扭扭写了一行字：每担水收费5角。人们愣了，不知如何是好，便一起看丰爷。丰爷也不言语，只乐呵呵地看着大伙儿。人越聚越多，开始有人叽叽喳喳，继而人们挑起水桶一哄而散了。

可没几天，人们经不住老井的诱惑，又纷纷前来挑水了。"不就是5角钱吗，哪辈子没见过！"掏钱时免不了有人嘟囔几句。丰爷权当没听见，仍不言语。日子还和往常一样，过得飞快，不同的是很少有人再和丰爷搭话了。丰爷心里有点儿酸楚，看来这钱还真不是好东西。

过了些日子，有人从丰爷屋前经过，见夜深了还亮着灯，便忍不住想瞧个究竟。一瞧，那人口水差点儿淌下来。灯光下，丰爷正瞪大了眼珠，数着一堆大小不一的票子。

这老东西，发了！天一亮，消息就传遍了村子的角角落落，可人们却不见了丰爷。

直到太阳快要落山时，人们才在村口见到了丰爷，他满脸汗水,显得有些疲倦。人们像见了瘟神,一个劲儿地想躲。正巧村里的喇叭响了:"请大家注意,现在宣布我乡各村支援灾区的捐款名单……龙泉村集体捐款800元……"响亮的广播喇叭声回荡在龙泉村的上空。一时间,人们诧异了,都不知自己啥时捐了款。

丰爷笑了笑,就说:"这些日子南方发了大水,我这个孤老头急在心上,就想了这个收水费捐款的馊主意。大家出钱我出力,今天走了30里山路,总算替大伙把钱交到了乡里。从现在开始,再去老井挑水,我还是分文不收。"

话音刚落,掌声响成了一片。

第二辑

世相万千

打不开的锁

她嫁给他时,他很穷,但她很知足,她嫁给了一个厚道、勤快的小伙子。小伙子的家在大山深处,交通闭塞,去趟县城也是件很奢侈的事儿。她在家闷了的时候,他就领着她满山里转悠,摘野果,听鸟叫,也赤脚在小河沟里捉鱼。望着满眼的青翠,呼吸着新鲜的空气,她高兴极了。

可时间一长,山里再好的景致也厌了,她噘着嘴说自己闷了。于是,他就陪她坐车到县城去玩。县城里车水马龙,高楼林立,琳琅满目的商品和风味各异的小吃都让她兴致大增。她挽着他的胳膊,在县城里逛来逛去,每次都不想离去。

有一次,在县城的一家成衣专卖店里,她意外碰到了昔日的男同学。四目对视的一瞬间,她的心咚咚地跳着,脸颊也染成了一朵桃花。那位男同学穿着讲究,说话也利落,几句寒暄后就向她大谈自己的发家之道。同学打着手势,腕上的金表也随着手势不停晃动,映得她双眼生疼。看着在一旁有些尴尬的他,她只好和同学道别。临走,同学塞给她一条漂亮的连衣裙,火红,像一束玫瑰花。她接了,把裙子贴在胸脯上看了又看,一脸的娇羞。

临近汽车站,他看到了一家专卖锁具的商店。他眼睛一亮,说咱也进去买一把锁吧,家里的老锁没法用了。她有些心不在焉地"哦"了一声,又说,家里没啥值钱的东西,锁不锁一个样。他柔声说,家里是没啥值钱的东西,可咱俩几百个日子的感情都在里面呢。那个,可不能被人偷了。他一笑,把她的手一下攥紧了。她望着他天真的笑容,也笑了。商店的主人给推荐了一款"梅花牌"挂锁,说是全国名牌,物美价廉。他拿到挂锁的一刻,竟开心得不行,说,真是太巧了,咱买的这把锁和你一个名字,也叫梅花呢。从此,咱家就有两个宝贝了。

回家的路上,她的话竟特别多,说初中时,那位男同学曾给她写过好几封情书,当时男同学满纸的错别字和挂着鼻涕的小脸,她想想都恶心,信都让她扔茅坑了。没想到才十几年的光景,人家都成老板了。唉,这世道什么奇事也有。她说着,脸上添了一丝莫名的烦躁。

以后,她进城的次数逐渐多了起来,但每次都以种种理由让他在家待着。看着她每次开心的样子,他却有了满腹的心事。

那天上午,他从田里回来,看见她穿着那件火红的连衣裙,正弯腰开房门的锁,一个硕大的包裹躺在她的脚边。他的突然回家,显然让她吃了一惊,结结巴巴地说,镇上的姨妈病了,想见见我。走到半路,却发现落东西了。这不,赶回来取,锁又打不开了。

他眉头微皱,嘴角动了一下,又闭上了。

她有些着急,说锁大概坏了,要不撬掉吧。

他平静地说,别急,我找村里的修锁匠看看吧,除了你,这锁也是我的宝贝呢,不能随便弄坏的。

她的心一沉,对呀,他说过这把锁是宝贝的,和我一个名字,有缘呢。

她心里默念着,忍不住看了他一眼。他居然黑了瘦了,裤管挽得老高,腿肚子上沾满了泥土,浑身上下都散发着一种天生的质朴。她这才想起自己已经很久没去责任田看看了,那么大的一

片田地可都是他一个人在侍弄呢。她脸上一阵发热,把脑袋凑到门口的玻璃上使劲瞅里面墙上的挂钟。

她瞅了好久,也静静地想了好久,终于说,不去镇上了,出山的客车已经走了。

哦。他松了口气,他知道她撒了一个弥天大谎!

若干年后,他成了当地有名的苹果种植大户,她也成了一个贤妻良母。

有一天闲聊,她突然问他,当年咱家那把好好的锁怎么就打不开了呢?

他笑了笑,没有言语,思绪又回到了若干年前。

那时,他隐隐觉得她早晚会和县城里的男同学私奔,只好暗暗盯着,伺机劝阻。那次回家"察看"时,她还是走了,但从窗子里他看到了她落在桌上的身份证,知道她还会回来,就往锁芯里悄悄插了一截火柴棒。

没想到,却挽留了一个家。

卢大胆

卢六 30 岁那年娶了邻村的张美琴为妻,张美琴名字好听,可人孬,独眼,还跛着一条腿。但卢六不嫌,觉得老婆丑俊就是个摆设,重要的是再上坟时可以大声告诉爹娘,老卢家马上就要有后了。可谁也没有想到,儿子的降生竟与老婆擦肩而过,一个来到世,一个却离世。

正值青年的卢六理所当然地成了卢村的鳏夫。

那时,卢六拉扯儿子的艰辛可想而知。有不少好心人就劝他,再给孩子找个娘吧。卢六的头摇得像拨浪鼓,说,算了,我苦点没啥,孩子后娘虐待孩子的事儿我可听过不少哩。

儿子渐渐地大了,能走路,能张嘴喊爹,也能去商店打酱油了。卢六脸上笑着,不经意间,背却弯成了一张弓。

一天,在乡里联合工厂上班的卢永祥得急病死了。听说临死前两眼盯着腕上的手表就没挪开过,儿子知道父亲喜欢表,就让它陪着父亲一起进了棺材。出殡时,卢六抱着儿子跟着看热闹的人群一直到了墓地。他想不明白,那么金贵的一块手表咋就埋了呢?

第二天,村里爆出了一个惊天消息。卢永祥死而复生,救命恩人竟是卢六。原来,卢六经不住手表的诱惑,半夜去掘了卢永祥的坟,本想撸下手表后再把坟弄好,也就只有天知地知了。可他撬开棺材后,却听见了卢永祥的一连串叹气,他正在纳闷呢,穿着寿衣的卢永祥竟慢慢地坐了起来。卢六大惊,"嗷"的一声抱头就跑。卢六吓得一夜没睡,天亮后刚想合合眼,卢永祥竟让儿子扶着找上门来了。卢永祥的儿子还扛着一把镐头,镐把上用红漆歪歪扭扭写着卢六的名字呢。卢六啥都明白了,正不知所措,卢永祥竟给他跪下了,满口喊着恩人,还把自己的手表送给卢六,表示感谢。卢六既尴尬又惶恐,哪敢要人家的手表呀,恨不能找个老鼠洞钻进去。事后,村里的老中医得出结论,说卢永祥当时是急火攻心,又恰巧一口浓痰堵在了嗓子眼。这样的蹊跷事,百年难得一见呀。

卢六一夜间就成了"卢大胆",他的"救人故事"更是在方圆几十里无人不知。望着干瘦的儿子,卢六羞愧难当,暗自掉泪,他

本想弄块手表给儿子留着,大了卖钱娶媳妇的。他哪是"大胆",是实在没法,穷怕了。

自此,卢六很少说话,除了拼命干活,就是悉心照料儿子。儿子真的长大了,高高瘦瘦倒也帅气,就是从不知道干活,就连吃饭也要等卢六做好端上桌来,并且脾气很大,动不动就朝卢六瞪眼呵斥。卢六啥也忍了,觉得儿子自小没了娘,也不易。

实行了责任制后,卢六买了一头小毛驴,帮着自己干些犁地拉车的重活,闲下来时就骑着它到处走走。毛驴毛色黑亮,眼睛里时常汪着水,很惹人疼。一次,卢六昏倒在地,小毛驴竟守了他一天一夜,还不断引颈嘶鸣,把路人引来,救了他的命。渐渐地,卢六把毛驴当成了自己的孩子,从不舍得戳它一指头,喂它最好的饲料,有了心事也偷偷说给它听。小毛驴似乎很知情,对卢六越发乖巧温顺了。

就在卢六拼了老命给儿子盖了大瓦房,到处央人给他找对象时,自己却浑身不舒坦了。不是眼青,就是脸肿,有时走路腿也一瘸一拐的。有一次卢六的胳膊折了,村医生问他怎么了,他支吾了半天,说毛驴不听话给摔的。医生是卢六的堂哥,摇了摇头,半开玩笑说,村里谁不知道你养的小毛驴和你亲着哩。你个卢大胆,这几年是越来越没胆了。卢六不语,好大一会儿竟流下泪来。

日子水一样地淌过,卢六却感到了一种不祥之兆。总做噩梦,弄得他心神不宁,常常半夜起来望着小毛驴发呆。

终于,事儿来了。儿子非要卖了毛驴,说自己在外面欠了一大笔赌债。卢六不同意,爷俩僵持上了。卢六说,只要我活着,就不能卖了毛驴。要不,你先弄死我吧!

一个晚上,儿子偷偷去牵毛驴时,被拽了个跟头,恼羞成怒下就抓了一把西瓜刀捅进了毛驴的肚子。毛驴挣扎着,嘶鸣着,竟一头把他顶在墙上顶死了。

卢六忍着心痛,不说话,也不让人靠前,独自用一口上好的棺木葬了儿子,还修了个大大的坟包。旁边的小土堆里,埋着那头小毛驴。

那时,村里有专做死牛死马营生的,那人夜里偷偷掘开了大坟包旁边的小土堆,呆了,里面竟是卢六的儿子。

软较量

大李为人有些显摆,在单位人缘一般。但卢七碍于和他同事,自己的老婆小丽又是他的高中同学,交往就多了些。后来大李辞职开了一家小公司,正儿八经地当起了经理。这期间,卢七也在一次酒桌上首次听说了当年大李疯狂追求小丽的事儿。本来挺寻常的一件事,讲的人却嘻嘻哈哈,欲说还休,就给此事增添了一层神秘面纱。于是,卢七再见到大李就觉得别扭。渐渐地,卢七和他的来往就淡了。

这次周末出游,是大李直接开车来接卢七的,并说自己的老婆也跟着,卢七就没回绝。大李刚换了一辆中高档轿车,锃光瓦亮,很气派,晃得卢七瞅了好一阵。大李有些得意,说,车有啥好看的?咱也学有钱人的样子去城外呼吸新鲜空气去。小丽调侃说,怪不得今日你服务到家,原来鸟枪换炮了,不是来寒碜我家卢七的吧?大李的脸一红,哪里呀,卢兄多优秀呀。说话间,车子就跑了起来,大李的演讲也开始了。从大学时自己的成绩如何优

秀,到单位上班时如何受到领导重视,再到眼下自己如何在商海奋勇拼搏,越说越来劲,嘴角一会就沾满了白唾沫。车上的人几次想插话也没插上,只好耐着性子听。卢七坐在副驾驶座上一回头,却瞅见了妻子看大李时热热的眼神和泛红的小脸,心里不免堵了一下。

这时,大李的妻子开口了,路边好好的景致不看,大李你瞎吹个啥呀?大李打了个呵呵,总算闭了嘴。小丽这才收回眼神,转到了大李妻子的身上。她今天穿着时髦,发型也是新做的,金首饰更是该挂的地方都挂了,手腕上还吊着一个巴掌大精致的小包。哎哟,女人真是善变,一打扮就高贵了,昔日的丑小鸭咋突然就变白天鹅了呢?小丽一下被她的气势折服了,看看自己的衣着打扮,再想想平时在卢七面前那点威风,算个啥呀,不觉间脸就红了。小丽满脸是笑,一口一个妹妹和她聊了起来,言语间满是恭维。卢七心里那个气呀,心说,老婆啥时也学得这么势利了。

等到了郊外,风也兜够了,大李特意找了一家特色饭店就餐,好东西弄了一桌子。每上一道菜,大李总要介绍一番,还旁征博引地弄出一大套道道来,好像自己是个美食家。卢七一笑,说,我知道,吃过的。吃过?你一个小职员能吃过多少东西,自家兄弟就不要吹了。大李边说,边示意服务员打开一瓶上好的干红。卢七一下被噎了,没话也没了胃口。

车到城里,大李绕道去了商场,说给妻子买件首饰。小丽说,弟妹满身都是首饰了,往哪戴呀?大李说,首饰嘛,哪个女人没有几件替换的呀,也让卢兄顺便给你买件吧。小丽说,就凭他那点工资,做梦吧。

卢七说,你们去买吧,我和小丽在门口等着。小丽一噘嘴,说,我才不呢,不买也跟着过过眼瘾。

卢七无奈地一笑,在门口的座椅上坐下,顺手从报夹上抽了一份本市的最新晚报读了起来。

一会儿,两个女人簇拥着大李出来了。他昂着头,一只胳膊夹着纯皮小包,另一只手插在裤兜里,神气极了。到了跟前,卢七好像突然想起了什么,说,你们稍等,我也顺便买个包。小丽急了,说,你又不是老板,买啥包?有钱花不了呀!卢七一笑,说,上下班放个日用品也方便呀。说完,走向了商场外边的地摊。

一会儿,卢七提着一个黑亮的小包回来了。大李调侃着说,看你就没个老板样,包要用胳膊夹着。嘿嘿,外行一个。大李把包拿到手里瞥了一眼,说,人造革的吧?卢七说,没错,三十元,还送一条毛巾呢。小丽听了,一把抢过包,拉开拉链瞅了一眼里面的白毛巾,对卢七说,你就乱花钱吧,啥时也不节俭。一句话,把大李两口子逗乐了。

卢七把包拿过来夹在胳膊下,来回走了几步,笑着说,听说城西刚建了个湖海景点,风景优美,号称"绿色氧吧",咱们也去溜达一圈?

几个人一致说好。

到了景点,才发现游人如织,好不容易才找了个车位停下。大李夹着小包冲车一按遥控锁,神气地领着卢七他们涌向售票口。

等玩够了出来开车时,几个人傻眼了,靠副驾驶座的窗子被砸了一个大洞,碎玻璃洒了一地。警察赶来时,大李还在一个劲地埋怨卢七。卢七有些歉意,说,我把包随便放座上了,谁知道贼也没长火眼金睛,不知道里面就一块烂毛巾呀。

警察做了笔录,很有信心地对大李说,等有了好消息,我会第一时间通知你。

路上,大李没了来时的风采,一直数落卢七和他的包。小丽笑着说,大李,你羞不羞呀?不就是一块玻璃吗,我赔你!

赔我?好几千块呢。小丽听了,惊得伸了下舌头。

晚上,卢七睡得迷迷糊糊,被小丽推醒了。刚才电视新闻上说湖海景点那里有一伙专门砸车玻璃拎包的盗贼,要游客注意呢。我们要是早知道,说啥也不让大李开车去那里玩呀。

卢七嘟哝了一句,我以为啥新闻呢,电视也播了?比报纸晚了一天呢。

楷　模

听说当年的闺密小兰的夫君当上了风景区管委会主任,我高兴得一蹦老高,这下去市里的几个景点看看总算不用花钱了。这些景点有山有河有瀑布,还有地下溶洞,据说开发出来很是吸引游客,票价更是一路飙升。说实话,几年前我就想领着孩子去逛逛,可囊中羞涩,一直没舍得。我打电话给小兰说了我的意思,她很爽快地应下了,并让我顺便约几个要好的朋友一起去。

这天,我们一行在小兰的带领下来到了一处景区。刚要进门,却被售票的一个姑娘拦下了。小兰上前一步,笑着说,我们想进去看看,行个方便吧。

姑娘也一笑,说,我知道你们想进去,可还没买票呢。

小兰的脸微微一红,说,瞧我这记性,是没买票呢。

小兰说着就要掏包。我急忙对姑娘说,你不认识她吧?她可是你们主任的妻子呢。

　　姑娘脸一拉,说谁的妻子我也不认识,这是单位的规定。今天这个领导的家属来,明天那个领导的亲戚来,这景区干脆免费算了。

　　我压着火说,看你说得头头是道的,还真犟上了?

　　姑娘说,不是犟,是原则。

　　同行的姐妹们也都围上来,你一言我一语地嚷开了。听到吵闹,景区的几个工作人员也走了过来,有人大概认出了小兰,在姑娘耳边低语着。

　　没想到姑娘更来劲了,说,虽然我是一个新来的普通员工,但我遵守单位的规定,谁不买票也不行,哪怕明天撵我回家!

　　事情一下陷入了僵局。大伙儿你看我,我看你,都没了主意。

　　这时,小兰呵呵一笑,把钱递到姑娘手里说,我们买票,是我们错了。

　　尽管景区的风光非常优美,因了这事儿,我们的游兴还是减了不少。

　　我对小兰说,就凭她的任性,你夫君一个电话就炒了她的鱿鱼,她胆子也够大的。

　　小兰笑了笑,没说话。

　　紧接着,我们又游了附近的两处景点,每次都是小兰抢着付票钱。本来是想靠着小兰这棵大树免费游玩的,没想到会是这种结局,我尴尬极了。小兰却说,我们不应该有特权,这事虽不大,但也是社会的进步,我真为夫君手下有那样的员工骄傲呀。

　　后来,听人说那个售票的姑娘被小兰的夫君在大会上好一顿表扬,成了单位的楷模,还破格提拔到了单位的科室上班。后来还听说小兰夫君单位的通讯员挖掘整理了一篇《景区领导家属

景区游玩,自掏腰包买票》的文章上了市里的大报。反正那次的"游玩事件"弄出了很多正面素材,为单位挣了不少荣誉。

后来,听说小兰的夫君调到一个局干了正职。

再后来的某一天,我突然接到小兰的电话,约我再去景区游玩,说现在的景区比以前更美了。我赶到时,才发现游人如织,门票更是翻了几番。我不禁咋舌。

小兰挽着我的胳膊,低声说,走吧,免费的,和景区的领导打过招呼了。

我说,你真行,夫君虽然调离了,可余威犹存呀。

哪里。你还记得当年那个售票的姑娘吧?她当景区的主任了。当年她一个小小的员工能熬到今天,我和夫君可没少操心呀。

我正疑惑着,小兰又说,她是我表妹。

最后的面试

李伟和张小走是不错的哥儿们,在大学时两个人不仅成绩优异,还都擅长长跑。每次学校里的运动会两人都参加,只要是长跑项目,冠亚军非他俩莫属。可极富戏剧性的是,李伟每次都落后张小走二十米,屈居亚军。毕业后,两个人又相约去了同一所大公司竞聘。终于,两个人在众多竞聘者中脱颖而出,被告知明天去总经理室进行最后一次面试。俩人都很高兴,晚上就在一家小饭馆多添了两个菜,慰劳了一下肚子。

回到住处,张小走就躺下了,他想舒舒服服地睡个觉,明天给面试官一个良好的精神状态。李伟却怎么也睡不着,他脑子里满是明天面试的事儿。他听人说过很多公司面试的细节,有测试应聘者亲情孝心的,会问你父母是哪天的生日。也有测试应聘者的道德品质和工作态度的,要么在经过的走廊里故意丢下一沓钱,或者面试官故意做些不合常理的举动让你指出,反正面试的细节五花八门,让你防不胜防。李伟觉得这家公司是全国有名的上市公司,更是自己梦寐以求的创业摇篮,暗下决心,一定要竞聘成功。他就在脑子里反复想着明天面试可能出现的情况,假如面试官的水杯盖开着,是不是要给他冲水呢?或者房间的门敞开着是不是要顺手给关上?甚至面试官的头发上有块小小的纸屑该不该提示他一下?哎呀,需要注意的东西实在太多了。李伟一下子变得紧张起来。等他把很多可能出现的细节在脑子里过了一遍,夜就深了。

第二天,李伟和张小走早早来到了公司。两人西装笔挺,脸上都洋溢着无限的青春朝气。等待面试的空隙里,张小走问李伟,你紧张吗?我的心跳得厉害呢。李伟一笑,我也是。说完,他扭头又望了身后的走廊一眼。那是条通往总经理室的走廊,走廊里空无一人,乳白色的大理石地板干净得能照出人影。其实,李伟的心里一点也不紧张,他对今天的面试充满了信心,觉得公司就是录取一人,也是非他莫属。

面试开始后,张小走是第一个被点名面试的。可几分钟的工夫他就出来了,面色平静,笑着对等在外面的李伟说,希望你能成功。

李伟心里不解,张小走到底竞聘成功了没有?看这速度,估计戏是唱不下去了。他想了一下,心里竟突然滋生了一丝莫名的

得意。进去时,他发现办公室里一尘不染,各个房间的门也关得很严。让他失望的是,总经理面容和蔼,头发一丝不乱,面前的办公桌上竟连个水杯也没有。招呼李伟在对面的沙发坐下,总经理笑着说,有关你的资料我都详细看了,你是个很优秀的人才,但不是很适合我们公司,抱歉了。李伟当时头就大了,自己哪点做错了呢?想想这总经理也是古怪,根本就没给自己一个表现的机会嘛。

他稀里糊涂地出来时,张小走早就在外面等着了。公司很大,除了一栋栋高大的楼房,院子里还有很多花草树木,美丽得像一座花园。两人边走边聊,说起面试的情况,李伟满肚子气愤,觉得公司简直是故意耍弄人,忍不住骂了几句粗话。张小走听了,说,我也觉得有些遗憾,但人家说咱不适合,就肯定有不适合的原因。这没关系,以后会有机会的。

正说着,后面过来了一个清洁工,蹬着一辆装满了袋装垃圾的三轮车。前面是个小小的陡坡,她蹬着有些吃力,就下来推着走。张小走见了,赶忙上前帮着推车。李伟说,你真是闲得难受,上学时留下的毛病一点没改!刚说完,车子一颠,一袋垃圾掉在了地上。张小走弯腰刚要去捡,李伟抢先一步,一脚就踢到了旁边的绿化带里。袋子裂开,垃圾撒了一地。李伟嘿嘿一笑,说你去捡呀?叫你多管闲事!

这时,听到有人在喊。清洁工回过头,对张小走说,我们总经理喊你呢。

喊我?张小走一脸疑惑。

是呀。清洁工用手指了指身后那座大楼的一个窗口。张小走和李伟都忍不住回头去看,那个在窗口挥手的人正是刚才的面试官。

以后的事儿就顺理成章了。张小走竞聘成功，不久还得到了公司的重用。

那天，张小走被总经理喊去谈话。总经理说，其实你俩都很优秀，我本想都留下的。但性格使然，我就撒了个谎，想再观察你俩二百米的距离。

二百米的距离？

对。从这座大楼到公司的大门口是二百米，我就在窗前看着，如果那辆垃圾车不出现，也许你俩就都录取了。可那车子恰恰就在你俩走了二十米的时候出现了。哈哈，你俩都很优秀，但到底还是差了二十米的距离。

后来，还在到处应聘的李伟听到这个事情时，他突然就想起了长跑时落给张小走的二十米。那个二十米自己还能得亚军，发荣誉证书，可这个差了二十米怎么就被淘汰了呢？

他觉得这事儿总经理太较真了。

和狗一起去大山

卢二爷的狗叫大黄，是卢二爷一手养大的。小狗毛色金黄，而且乖巧温顺。卢二爷走到哪它就跟到哪，小尾巴不停地摇着，可爱极了。卢二爷吃饭睡觉，它也不离左右。偶尔二爷坐着犯迷糊时，狗就在他面前翻滚蹦跳或发出不同的叫声为他逗乐。逗着乐着，十几年就过去了，卢二爷老了，大黄也老了。

老了的二爷对大黄似乎更依恋了，可刚娶进门没几年的儿媳

却对大黄厌恶极了，动不动就骂它光吃不干活，还让人伺候。卢二爷起初觉得儿媳说话真可乐，狗除了看门叫两声，从没听说它会干活呀。况且，大黄每天就吃点剩汤剩饭的，咋就成伺候了？可时间一长，瞧着儿媳天天"挂霜"的脸，二爷才意识到是说自己不中用了，成累赘了。

一天，大黄不小心把在院子里玩耍的二爷的小孙子弄倒了，小家伙趴在地上哇哇大哭，眼泪鼻涕抹了一脸。看着儿媳用脚死劲地踢大黄，卢二爷啥也没说，他心疼大黄，可也只怪大黄不长眼。不多时，儿子领来了镇上狗肉店的一个伙计，店伙计伸着满是油污的手刚要去拽大黄，就挨了二爷当头一拐杖。儿子轻声对二爷说，大黄太老了，眼神也不好，身上又脏乎乎的，卖掉它我给您换一笼鸟吧。二爷没吭声，憋了一阵儿，突然大声说，连我一起卖了吧！自此，儿子和儿媳就不间断地有了争吵，儿媳更懒得和二爷说话了。

这天，卢二爷突然有了去山里转转的想法，而且要和大黄一起去。初秋的山野，空旷而辽远，虫儿弹琴，小鸟歌唱，满坡的红叶把二爷的眼角映得红红的。大黄抖擞着精神，一会儿跑到二爷的前面，一会儿又跑到路旁的草丛里撵蝴蝶，快活得像个孩子。趁大黄跑远撒欢时，卢二爷一阵儿急走，想甩掉大黄，等走得上气不接下气了，一回头，大黄就在后面悠闲地跟着呢。甩了几次没成功，二爷就灰心了，他浑身酸软，坐在路旁一个劲地喘息。突然，他看到大黄朝远处的一棵大树跑去。卢二爷一喜，知道大黄要撒尿了，他觉得这是甩掉大黄的绝好时机，就赶忙站起来朝来时的路走去。刚走了几步，他觉得这样顺路走大黄还会撵上来的，就侧身藏在了旁边的一块大石后。可又一想，狗的鼻子特别灵敏，能嗅着人的气味寻来，何况是大黄呢。对了，听说从水里走一趟狗就不能嗅气味了。二爷扭头一望,十几米远还真有一条山泉汇成的小河沟呢,就急忙走到近前趟了过去。二爷刚在一丛半人高的蒿草里藏好,就瞧见大黄站在来路上不停地前后张望,没见二爷,就朝着前行的小路飞快追去。等不见了大黄的踪影,二爷从草丛里出来时却迷路了,他一边走一边想,大黄晚上吃什么呀?在哪儿睡觉呢?他脑子乱糟糟的,走着走着,眼前一黑就晕倒了。

二爷醒来时,先看到了坐在床前满脸焦急的儿子,可他的目光没有停留,在周围来回游离,二爷喉咙里微弱地发出"大黄、大黄"的声音。儿子说,大黄没事,是它回来把我们领到山里才找到您的。谢天谢地,您终于醒了,您到山里去玩也不说一声,中午不见您回来我们就急着找,直到晚上也没消息,刚想去报警,大黄却跑回来了。它不停地叫着,四只爪子上满是鲜血,它进屋咬住我的裤腿就拖着走,从它的眼神里我就知道您出大事了。大黄带着我们在山里跑了好多路才找到您,您晕倒的碎石旁满是带着血痕的狗爪印,我猜想那是大黄在山里不停奔跑磨破了爪子。

正说着,大黄两只前爪扑到了床上,伸头用舌头舔了舔二爷的手。二爷见了,两滴老泪一下就溢出了眼角。儿媳站在一旁静静地看着,突然放声大哭。她拍了拍大黄的额头,对二爷说,爹,您好好休息吧,您和大黄我都会照顾好的。二爷听了,眼睛亮了一下。儿媳顿了顿,柔声说,大黄还知道养育之恩,我要是不如大黄,还叫人吗?

卢进发

1985年我上小学三年级，那时隔三岔五就有人来学校做报告，宣传"五讲四美三热爱"的，弘扬身残志坚张海迪精神的，好长一段时间里，我都被美好的理想包围着，很幸福。

有一天，学校又组织学生到操场上听"交通安全"报告会，做报告的竟然是邻村的卢进发。他穿戴整齐，身边放着一辆擦得铮亮的重庆"嘉陵"摩托车，车把上挂着一个天蓝色的头盔。

卢进发是卢村人，三十多岁，小伙子长得精神，是乡里的电影放映员，同学们都认识他，也崇拜他。电影队里还有一个年纪大些的，每次来村里放电影，他和卢进发用自行车把装在地排车上的放电影器材拖来，就坐在凳子上抽烟。卢进发很勤快，像埋挂银幕的木杆呀，从地排车上卸器材呀，都是他一个人干。有一次，我们村里和邻村同时放映一部电影，卢进发竟骑着一辆摩托车在两村间倒片，橘红的摩托车和耀眼的灯光把满场的观众都吸引了。那时，刚实行了生产责任制，摩托车还是很稀罕的。放完电影，很多人围着他和摩托车问这问那。卢进发说，车是托人在县城买的，虽是二手，但性能很好，和新的差不多。他边说边开车灯按喇叭什么的，一一给人展示，满脸的高兴。

从那晚起，我对卢进发更加崇拜了。

卢进发很健谈，先是对摩托车的基本构件做了说明，又对安全行驶讲了很多。不能酒后驾车，拐弯要开转向灯，不能超载，包括进城遇见路口的红绿灯时要红灯停、绿灯行,等等。最后,他拿起那个天蓝色的头盔,说骑摩托车最关键的是一定要戴头盔,这样安全系数就高了。即使出点儿车祸,大不了头盔碎了,人的脑袋也是好好的。何况戴头盔冬暖夏凉,还很漂亮,何乐而不为呢?并让我们把这些常识也讲给有摩托车的父母听。最后,他又把这些常识结合到了骑自行车上,真让我们大饱耳福,受益匪浅。

以后在上学路上我又见过几次卢进发。他的"嘉陵"摩托依然铮亮,大概与他的保养有关吧。他每次都戴着头盔,冬天是那种严严实实的大头盔,即使夏天热得出奇,他也戴着一顶轻便的半盔,车也骑得规矩,不紧不慢的。

随着摩托车的逐渐普及,交通事故也越来越多,县交警队就在各乡镇设点普及交通安全常识。这样,卢进发就作为"特殊人才"被交警队聘为"义务交通安全员"了。他下学校,进村庄,不厌其烦地把自己知道的交通安全常识都奉献出来了。的确,那几年我们乡的交通安全在全县一直是最好的。

我上初三那年,家里也添置了一辆摩托车。趁父亲不在,我高兴地推着摩托车到村外的乡路上准备骑时,却被一个人喊住了。那人停下车,摘掉头盔,竟是卢进发。他说,你年龄小,没有驾证,也没戴头盔,这样骑车很危险的……被他教育了一番,我自感惭愧,就又把摩托车推回去了。

再以后,很多小车进入了千家万户,摩托车就淡出了大伙儿的视线。我上大学那年,在路上偶然遇见了卢进发,他两鬓居然染霜了。闲聊了几句,他说,他早就不放电影了,现在基本上没人看了,也没人愿意听他的交通安全常识了。他有些失落,但说起自己当年放电影和去学校做报告时的情景,卢进发脸上就挤满了暖暖的笑意。令我惊奇的是,他手里推着的居然还是多年前那辆

"嘉陵"摩托车,虽然旧了,但车身依然擦得干干净净,只是车把上挂着的是一个银灰色的头盔。

我说,卢叔,您也该换辆小车开了。

他微微一笑,拍了拍摩托车的后座,说,怕是不行了,我离不开这个"老伙计"了。

那年寒假,我在家里和堂弟闲聊。他突然问我,你还记得放电影的卢进发吗?

我说,当然。他是我小时候最崇拜的人。

堂弟又说,秋天的时候,他出车祸死了。

死了?我心里一惊,感觉人生一世真是福祸无常呀。

怎么会出车祸呢?他骑车一向很谨慎的。我不相信地问了一句。

听说他那天骑车出行,因尿急,就把车停在路边,跨过路边沟,到庄稼地头去小解,这时一辆大货车为了避让一个横跨马路的孩子冲下了马路。卢进发死得真惨,他头上戴的头盔都和脑袋碎在一起了。

我的脑袋霎时一片空白。

唉。这也许是人们常说的宿命吧?我轻轻摇了摇头,眼角竟湿了。

给母亲洗脚

卢三刚当上局长不久,就被电视台的一帮记者盯上了。一名美女主持对卢三说:前几天在市报上读了关于你的报道,才知道你是一位大孝子,我们挺感动,想专门给你做一期节目,你可要支持呀。

卢三直了直肥胖的腰身说,其实也没啥,就是常回家看看,再顺便给父母洗洗脚捶捶背什么的。

常给父母洗脚?太好了,能不能今天再洗一次,我们拍几个镜头?主持人一下表现出了极大的兴趣。

卢三捋了捋稀疏的头发,略一犹豫,说,那就烦扰大家跟我去一趟乡下老家吧。

走进卢三老家在卢村的小院时,鸡飞狗叫,靠墙边还有一畦碧绿的黄瓜,好一幅淳朴的农家景象。卢三的父母刚好从田里回来,脚上沾满泥水,老两口正站在天井里说话呢。卢三指了指父母,有些尴尬地对记者们说,让他们好好歇着,可就是不听,父母对土地太有感情了。

卢三的父亲听了,拍着身上的泥点说,可不是嘛,一天不侍弄庄稼还真不舒服呢。

卢三对父亲说,他们是电视台的,要来拍几个我给你们洗脚的镜头。

你给我们洗脚?还要上电视?卢三的父母显然有些意外,紧

张起来。

是呀,还和以往一样,我先给父亲洗吧。卢三说着,冲父亲挤了下眼,就把他按在了板凳上。

卢三父亲忙说,我脚上全是泥水,哪能让你洗呢?我自己洗洗就行。

卢三母亲也说,你好不容易回来趟,咱一家人说几句贴心话就中,还给我们洗脚,多不习惯呀。

……

正推让着,卢三的秘书已把洗脚水端来了。

卢三看了看大家,轻声说,父母为我们当孩子的操碎了心,老了我们孝敬一下也是应该嘛。不由分说,就把父亲的双脚放进了洗脚盆里。卢三蹲在地上撅着屁股,刚给父亲搓了一把脚,就喘起了粗气。秘书见状,赶忙找了个马扎塞到了卢三的屁股下。这时,摄像机早就对准了卢三父子,相机的镁光灯也开始闪了。卢三一下来了精神,把洗脚盆里的水撩得哗哗响,从父亲的脚面开始仔细搓起来。

现场突然静了下来,大家似乎都被这温馨的一幕感染了。卢三父亲坐在小凳上,身子有些僵直,好像还没完全放松下来。他一脸惊喜和拘谨,但眼角明显湿润了。卢三母亲也是一脸笑意,边用衣襟擦着眼角,边忙着去切一个刚摘的大西瓜。

突然,卢三父亲"哎哟"了一声,脸上的五官都错了位。大家吓了一跳,卢三更是不知所措。卢三母亲几步走到近前,见卢三一只手攥着父亲的左脚脖,另一只手正在不停地搓他的脚后跟,就赶忙把卢三的手挪开了。

卢三问,咋了?

母亲说,没咋,都怪我没早告诉你,你父亲的左脚后跟有伤,动着就疼。

你们真是的,也不早说,市医院里最好的医生我只要一个电话……

卢三还没说完,就被母亲的话打断了。

那时你在镇子上读小学,那个雨天父亲去接你,雨大路滑,他背着你摔了一跤,把脚崴了。那时没钱医治,就落下了这么个毛病,都二十多年了。

大家听完,都把脑袋围过来,你一言我一语,对卢三父亲的脚疾关心起来。卢三绷着脸,一下子沉默了。

好了,大家都来吃西瓜吧,自家种的,甜着呢。卢三母亲边招呼大家,边用指头戳了一下老伴的额头,笑着说,你就知足吧,疼也要忍着,是儿子给你洗脚呢。

老实人大根

大根人老实,说话也慢声慢语的,见了女人更是低着头,脸红得像鸡冠。怪不得四十多岁了,还光棍一条。

大根很勤苦,除了种点儿责任田,空闲里就蹬辆三轮车去镇上拉人,挣个辛苦钱。没几年,大根就换成了汽油三轮,路线也从小镇向县城迈进了。那段日子,大根哼着小曲,开心死了。村里人见了他就说,大根,这么高兴,是不是有媳妇了?大根就摇摇头,脸又红成了鸡冠样。

一天,大根正在镇上等活,突然来了几个警察把他叫走了。

在派出所里，警察问，你是大根吧？大根吓得浑身哆嗦，就点了点头。

警察又问，你知道叫你来啥事吧？

不知道。大根又摇了摇头。

不知道？你的事情人家可都说了，老实交代吧！一个警察火了，还使劲拍了下桌子。

我没干啥事啊。大根摸着脑袋，一脸的糊涂样。

好，不老实是吧？等把证人找来，你的罪就大了！警察又拍了一下桌子。

经不住警察的几番讯问，大根就招了。

大根说，我，我那次从城里拉了一个姑娘回来，在路上我摸了她。

什么？你摸了大姑娘，还怎么了？警察嘴角泛起了一丝笑。

在路上她说没钱，让我摸一下算车票钱。我不干，她就使劲蹭我，我忍不住，就摸了一下。

你就没把她那样？警察忽然拉下了脸。

哪样？大根蹲在地上，怯怯地问。

别装了！就是强奸了她！警察吼了一句。

大根一下瘫在了地上。

我没，我真的没啊。当时我有那想法，可人家要五十元钱，我不舍得，就咬咬牙忍了。我错了，我一定改，一定改。大根哭了，眼泪鼻涕弄了一大把。

警察看看也确实弄不出啥材料了，就说，你可表面老实，心里却不老啊。先看一段录像吧。

大屏幕上出现了一个二十多岁的青年，蹲在地上，面前摆着螺丝刀、扳手等几件普通工具。他正在不停地说着，他的面前也是几个警察。

大根吃了一惊,呆呆地看着画面。

放完了录像,警察说,自己交代吧。

大根说,那个青年是我的外甥,从小缺少教养,他偷自行车我可不知道。

警察说,你可听清了,你外甥说作案工具是你的,也就是说你在协助犯罪!

大根这回真吓傻了。他说,今天一早他来借工具,说是修理自行车,我当舅的能不给他吗?

不老实交代是吧?等把你送进拘留所,你可别后悔!

可我实在不知道啊,就饶我这一次吧。大根急得不行,就差跪下了。

看看没有新进展,也确实没啥大事,几个警察商量了一下,就说,打电话让你们村委会主任来吧。

主任来的时候,大根正蹲在角落里,脑袋几乎藏到了裤裆里。

警察说,你们村的大根咋样?

村委会主任说,老实人一个,见了女人都脸红。

警察就笑了,说,本来喊他来是问作案工具一事的,没想到牵出了一起流氓案。

警察就把事情的经过说了一遍。

主任说,大根是错了,念他是初犯,又孤身一人,你们就通融一下,饶他这一次吧。

警察说,那好,饶他行,可得交五千元罚款,一分钱都不能少!

主任叹了口气,说谢谢了。

主任费了好大劲才把大根的脸从裤裆里拽出来,劝了几句。

大根面无表情,无力地点了下头。

大根回到家时,天已经黑了。

第二天一早,大根摸了女人的消息就传遍了村子。大伙儿显得异常兴奋,说,这大根,挺老实的一个人,也终于耐不住了。

本　分

二狗开着小车从省城回来了。

二狗回来是给父亲做寿的。父亲六十多岁了,劳累了一辈子,也该过个体面的生日了。

二狗一到家,就打电话给镇上最体面的酒店订了个房间。

父亲心疼钱,就悄悄地对二狗说,还是少破费。

二狗嘴一撇,咱现在有钱了,您就甭操心了。

然后又放鞭炮又请人扭秧歌,热热闹闹地折腾了大半个上午。

临近中午,祝寿的亲戚朋友来了不少,村委会主任也来了。

酒席办了好几桌,大家边喝酒边向二狗的父亲说着祝寿的话,气氛一下子热闹起来。

酒过三巡,二狗喝得有点儿大了。他掏出一沓名片,挨桌分发起来。

名片很精致。

正面印着二狗的公司名称,足足有四五个,二狗的职位除了总经理还是总经理。

背面印着二狗的通信方式,除了座机号、手机号,还有QQ、邮箱什么的。

大伙看了,都羡慕得不行。也有嫉妒的,就不搭话,只一个劲儿地喝酒。

村委会主任捏着名片,眼睛都直了,说,二狗兄弟,你一个打工的,才几年光景就发展成这样,真了不起啊。说句你不爱听的话,那几年你在家放羊时,嘴上还常挂着鼻涕呢。

二狗也不在乎,松了松领带,笑呵呵地说,还不是多亏了领导栽培。

村委会主任又说,二狗兄弟,你看啥时捐点儿钱,把咱学校里的旧课桌拾掇一下,孩子们忘不了你,我们也忘不了你啊。

村委会主任说得一片真情,眼泪都要下来了。

好说好说,不就是一点儿钱吗?来,大家喝酒啊。二狗太兴奋了。

热闹的气氛再一次达到了高潮。

二狗父亲的脸红红的,有了几分醉意。他的面前也有一张儿子的名片,在众人的夸赞声中,他把名片仔仔细细地看了好几遍,就走出了酒店。

院子里的太阳白花花地照着,空气好极了,可他还是觉得胸膛闷闷的,就溜达着朝镇中心去了。

晚上,二狗对父亲说,今天这生日过得够劲吧?村委会主任都被我弄服了。

父亲黑着脸说,你弄那名片是啥意思?你不就是在省城开了个包子铺吗。

二狗说,那名片就是唬他们的,谁叫他们以前看不起咱呢。

父亲又说,那车呢?

向朋友借的。俺在外这么些年,赚钱也挺辛苦的,好不容易

回趟家,不就图个面子吗。

面子就那么重要?

父亲笑了笑说,咱是地道的庄稼人,咱再穷也不能装大啊。今天我高兴,就送你一件礼物吧。

父亲从兜里也摸出一沓名片递给二狗。

名片上写着:二狗包子铺

俺农村人、农村心,是农村情结。用良心面,良心馅,做良心包子。

二狗拿着名片,愣愣地看着父亲,不知他葫芦里卖的啥药。

父亲说,中午做寿时,我去镇打印部让人帮着弄的,我看挺好。咱庄户人凭力气赚钱,没什么丢人的。也只有实实在在,才是咱做人的根本啊。

二狗听了,点了点头,摸出自己的那沓名片,揉了揉,扔进了屋角的垃圾桶。

摔 碗

她搬进这个小院后,儿子更顽皮了。

这不,昨天刚打碎了一只花碗,今天又打碎了一个好好的茶杯。这时,她就大发脾气,还时不时地动手打他。孩子的哭声把个小院塞得满满当当。

小院的主人是一对老夫妇,六七十岁的样子。每每这时,老妇人就过来把孩子牵走。孩子小小的身子紧贴在老人的腿上,满脸的委屈。老人爱怜地摸着孩子的头,对她说:"孩子还小,不懂事哩。"

以后的日子里,孩子好玩的天性似乎没变,打碎碗碟的事儿也还在发生,她依旧骂骂咧咧,不断地打孩子。

临近春节的一天夜里,老夫妇的屋里却传来了摔打东西的声音,她就悄悄到窗下去瞧个究竟。男主人坐在椅子上,拿着一只粗瓷碗,手一松,碗就"哗啦"一声碎了。女主人再递上一只,他手一松,碗又碎了。夫妇俩嘿嘿地笑起来,满脸的惬意。

她有点儿糊涂了,就瞪大了眼睛使劲去瞅。

这时,男主人说:"老婆子,你也摔只碗听听响声吧。"

"中。"女主人也摔了一只,粗瓷碗落地时脆脆的响声又让夫妇俩笑了起来。

"哎,这些碗跟了咱这么多年了,也没个孩子给打碎,真是闷啊!"

"有孩子真好,孩子是块宝啊!"

夫妇俩说着话,那神情,就是一对孩子。

她静静地听着,心像被戳了一下,泪水禁不住滑落下来。

春节过后,儿子依旧在小院里爬上爬下,疯一样地玩耍。她总在一边痴痴地看着,满脸的幸福。

敬　业

快到年底了,许老师却突然有了一肚子的烦恼。烦恼来自两个方面,一个是年底学校又要评先进了,自己这些年工作一般,也没有什么积极向上的举动,评不上本是意料中的事儿,可每次看到同事们举着火红的证书,在台上挥手致意时,心里还是酸溜溜的。再一个就是自己才四十多一点儿的年纪,竟然发福了,在镜子前怎么照也找不到以前的倩影了。许老师就想,荣誉是一辈子的事儿,可以慢慢来,可保持身材要趁年轻呀。

想到这些,许老师便释然了。

随着年关逼近,班上的功课也紧了起来。一个月下来,许老师明显瘦了,脸色也黑了,身体感觉虚了不少。同事们就问她:"你这是怎么了?身体不舒服?"许老师一笑,说:"没事的,最近备课和批改作业多了些。"同事们就都劝她悠着点,别累坏了身体。终于,许老师还是撑不住,晕倒在课堂上。过了几天,学校领导去家里探望她时,许老师还很虚弱,一脸的疲惫。领导说:"你慢慢养病,为了学生也不能不顾自己的身体呀。我们一致研究决定,今年你被破格评为优秀教师了。"许老师听了,很激动,一个劲地说:"我不要,我哪够格呀。"许老师越推辞,领导们越坚持。最后,领导们感动得不得了,说:"都累成这样了,还谦虚,我们要在全校教师中开展学习你一心为公的精神。敬业,是我们教师的一贯本色呀。"

后来,许老师真就得了一本火红的荣誉证书,还有一些价值不菲的奖品。

没多久,许老师竟被电视上的一条新闻惊呆了。新闻上说现在市面上出现了一些假冒减肥物品,使用多了可使人身体虚弱、晕倒,并致人死亡,工商部门正全力介入调查中。她跑到卧室里,把一堆减肥物品一股脑地扔到了垃圾桶里。

想想自己这段时间使用的减肥茶、减肥霜,还有什么减肥背心啥的,许老师吓了一大跳。那些假冒的品牌,正是自己扔掉的这些呀!

讲故事给你听

星期天,张力接到小林的电话,让他在家等着,说自己一会儿就来,是关于钱的事儿。

一听这话,张力的心就"咯噔"了一下。

张力和小林是高中同学,关系一直不错。前些日子,小林打电话说自己做了桩小生意,资金周转不灵,想借一万元钱应应急,最多半个月。张力听了,就好歹答应了。可刚到了半个月,张力憋不住了,就给小林打了个电话,小林啊,都半个月了,那钱是不是该还了?小林在电话那头顿了一会儿,支支吾吾地说,快了,快了。只是老同学还得帮帮忙,再借我五千元,实在是周转不开啊。张力听了,悔得直拍自己的脑袋,心里说,旧账没要来,还要添新账,我这是何苦呢。张力绞尽了脑汁,一会儿说自己两个月没发

工资了，一会儿又说老婆的单位要集资，他支吾了半天，也没说清借还是不借。小林歉意地说，那就算了，没想到你也这么困难，过几天钱一到账就先还你。张力听了，又想了好一会，咬了下嘴唇说，我给你凑一下吧，可赚不赚钱，我都要利息的。小林嘿嘿一笑，说，你就把心放肚子里吧。

这不没几天，小林就来了电话，可还是没说还钱，只说什么关于钱的事，张力的心能不"咯噔"吗？

小林来的时候，张力正和六岁的儿子在家玩耍。小林刚坐下，儿子就缠着张力给他讲故事。张力看了一眼小林，说就讲个"二小放羊"吧。

张力说，从前有个孩子叫二小，特爱撒谎。有一天在山上放羊，他大喊：狼来了，狼来了。在地里干活的大人们听见了，就拿着铁锹，扛着镢头跑来了。可发现他骗人，就回去了。

儿子听了，说你都讲过好多次了，换个新的吧。

张力说，这个故事好啊，爸爸就是听着它长大的。

张力接着说，这一天二小放羊时，他又喊：狼来了，狼来了。在地里干活的大人们又听见了，就拿着铁锹，扛着镢头又跑来了。可发现他还骗人，就又回去了。

这下，儿子显得不耐烦了，说这个故事我都能背了。不就是二小又一次放羊时，狼真来了，他喊破了嗓子，大人们也没有理睬他，又以为他骗人呢。结果，羊被狼吃了，二小也被狼咬伤了。

张力笑了笑，问儿子，那这个故事要我们学习什么呢？

儿子大声说，做人要诚实。

张力就笑了笑，没再言语。

这时，小林对张力的儿子说，宝贝，刚才那故事你爸爸只讲了一半，那一半我讲给你听吧。

小林说,二小又一次放羊时,狼真来了,他就大喊起来。这时,在地里干活的大人们又听见了,就拿着铁锹,扛着镢头跑来了,大伙儿齐心协力把狼打死了。

小家伙听了,歪着脑袋,一脸的好奇,叔叔怎么把故事改了?

小林笑着说,故事就是有多种结尾,哪有绝对的事。

小林说着,就从口袋里掏出两沓百元大钞,递给了张力说,这是两万元,一万五千元是你的本金,五千元算作利息,这次可真亏了你。

小林拍了拍张力的肩膀说,真不好意思,让你等了这么久。

望着小林的举动,张力吃了一惊,突然觉得自己也太小心眼了,就尴尬地笑着说,咱谁跟谁啊,我说的可都是玩笑话。

两人哈哈大笑起来。

小林又说,其实刚才那个故事还没讲完,后来二小他们把死狼抬回家,大伙儿齐动手,用大锅炖了,美美地饱餐了一顿。

张力摇了摇头说,你可真会编故事。

小林说,这可是大家都喜欢的结局。如果人们总不相信二小的话,又怎能知道狼肉香?

是吗?

张力听了,皱着眉想了很久。

二十年前的招聘

这是二十多年前的事情了。

那一年,小山、小林和小文相约来到南方的一座城市打工。三人是从小一块儿长大的农村孩子,都到了十八九岁的年龄。他们出来闯荡,靠的就是如火的激情。

三人转悠了半天,终于被一家单位吸引了。

轮到他们面试时,天快黑了。招聘官先问了一些摸底的话,然后又问,你们带文凭了吗?三人相视一笑,点了点头。小文递上了一本盖着钢印的初中毕业证,小林也递上了一本和小文一样的毕业证,还有一张证明团员关系的信函。轮到小山时,却拿出了一张高中毕业的信函,大红的印章实实在在地趴在上面,足以证明它的真实。这让小林和小文吃了一惊。这家伙,明明小学没念完,咋成了高中生?

那时没有互联网,更没有打印件,很多东西都是用手写。村里的会计随便写个证明,大红印章一盖,就能通行全国了。村会计是小山的舅舅,这家伙背后肯定做了小动作,可他怎么就没吱声呢?

招聘官对着材料看了看说,小山文化不错,你被聘用了。小林学历低了点儿,可素质不低,你也合格了。两人一高兴,就咧嘴笑了。招聘官又对小文说,很遗憾,你没有他俩的条件好,你落聘了。小文急得要哭,说我们三人是一块儿出来的,你就招了我吧,我不会给公司丢脸的。招聘官摇了摇头,就领着小山和小林走了。

小文呆呆地站在街头,有一种被遗弃的感觉。

小文上学时品学兼优,还是班里的优秀团代表,要不是父母有病,现在也该读大学了。那时,他记得小林曾递交了好几次入团申请书,都被老师以"思想不纯"退了回来。他脑子乱糟糟的,觉得小山和小林运气太好了。

这时,过来了一个中年人。他说,小兄弟,我也是开厂子的,你愿意跟我干吗?小文看了一眼面前的男子,没吭声。男子又说,我的厂子是私营企业,可前景非常好。今天也是来招聘员工的,可人们的眼睛都盯着国营、合资企业。本想空手回去,可偏偏碰上了你,缘分啊。男子说完,哈哈一笑,满脸的真诚。小文低着头,还是没吭声。男子又说,我观察你半天了,就喜欢你的淳朴。小文咬了咬牙,跟着男子走了。

一眨眼,二十年就过去了。

这期间,小文忠心不二,跟着他的主人顽强拼搏,厂子真的壮大起来了。如今,小文是一家分厂的厂长,老板还给了他一些股份。他也早已娶妻生子,扎根这里,是这座城市真正的主人了。

忽一日,小文和小林竟意外地碰到了一起。小林面容憔悴,和以前的翩翩少年已是判若两人。这么多年后的第一次见面,两人都有说不出的高兴,小文便邀小林去厂中一叙。交谈中,小文得知,那次分手后,小山和小林被人骗了。那是一家假合资企业,负债累累,两人辛辛苦苦干了半年,一分钱也没得到。为了活命,两人又四处找工作,费尽了周折。

哎,都不容易啊。小文讲起自己与老板创业的酸甜苦辣,也是感慨万千。

小林说，最初几年，自己也曾得意过，被一家公司的老板相中，负责原材料的采购。自己心眼活泛，收点儿回扣、报报假账什么的，收入还算不错。可才几年光景，公司就垮了。小林说着，一脸的惋惜。他说，这些年里，我也是高不成低不就，换了七八个地方，还一直在这座城市"飘"着。哎！小林说着，深深地吸了一口烟，丝丝缕缕的烟雾在他的眼前缠来绕去。

他顿了一会儿，说，小山就更惨了。他没文化，又吃不得苦，后来竟和一帮偷偷摸摸的人混在了一起。后来被抓，判了二十年，也快出来了。

小文一下瞪大了眼，唏嘘着。

现在看来，你的运气太好了。我俩咋没碰见像你那样的好老板呢。

小文听了，心猛地一紧。他看了看小林，觉得他们之间已经隔得很深了。小文半晌才说，其实有些时候，成功和幸福靠的就是自己。

自己？小林一脸的迷惑。

对。小文拍了拍自己的胸膛。

牛肉拉面

"耿记"正宗牛肉拉面馆是一对夫妻开的，男的摆弄手艺，女的招徕顾客。也许因为"正宗"二字，整日里顾客盈门，生意很是兴隆。

这天，我一到门口，老板娘就招呼上了。

"来碗热的还是凉的？"

"来碗凉的吧。"我顺手抹了一把汗水，就找了个位置坐下了。等了好一会儿不见拉面端上来，我便忍不住去里间瞧瞧。老板娘低着头，正把拉面往一盆凉开水里倒。说来也巧，她脖子上搭得那条黑乎乎的毛巾一下掉进了盆里，那水立时浓了许多。我一惊，还没言语，就见老板娘顺手把毛巾捡起来搭在了肩上，继续调弄盆里的拉面，没事儿一样。见此情景，我赶紧把迈进里屋的一条腿缩了回来。

一会儿，老板娘把拉面端了上来。面上有一撮麦粒大小的牛肉，还有香菜之类的调料，香喷喷的。可我一想到那盆凉开水，我就一个劲儿想吐。

"我不吃了。"

"不吃了？"老板娘一脸的疑惑。

"为啥？"男主人也凑了过来。

满屋顾客的眼光一起聚了过来。

我有些气恼，真想当众把话说明，可想到夫妻俩开个面馆也不容易，又何必拆人家的台呢。不说吧，看那夫妻俩的样子还非要问个所以然。我两眼盯着那碗牛肉拉面，竟一时不知怎么回答了。

猛然间，我见拉面上有个黑点儿在动，细看却是一只半死的苍蝇。我一喜，顺手指了指苍蝇，没再言语。

"那就另做一碗吧。"男主人有些歉意地说。

透过里屋的吊帘，我见老板娘夹出苍蝇，将拉面顺手放在了一张桌子上。

就在我再一次等拉面的时候，来了一胖一瘦两个年轻人。摩托车还没停稳，那胖的就喊上了："老板娘，来两碗凉拉面。"

"好,马上就来。"老板娘闪身进了里屋。

只一会儿,老板娘就又把刚才那碗拉面端在了胖子面前。要不是我亲眼所见,真不相信老板娘竟是这样刁滑。

"您先吃着,那碗随后就到。"老板娘又进了里屋。

这下我憋不住了,脸上像被人抽了耳光,热辣辣的,对这样的人还留什么脸面呢。我刚要言语,却被胖子的话儿一下吸了过去。

"哥们儿,怎么样?咱在这儿可是老店熟客,要不是我来,这拉面还不知要等到何时呢……"

我一扭头,见胖子正拍着瘦子的肩膀,满脸神气地说着,唾沫星子溅了一地。

快乐着死去

父亲是个教师,退休后闲着没事,村里有婚丧嫁娶的,就都来请他帮忙,写点儿请帖、挽联什么的,有时也在场面上讲几句话。父亲很乐意,他一肚子的才华,又得到了发挥。再后来,有邻里吵架的、婆媳不和的,也都来请他调和。父亲有求必应,每次都把事情办得很圆满,他渐渐地成了村里的大能人。

一天,村里的大奎来找他,哭着进门就给父亲跪下了。大奎说,俺爹得了癌症,都晚期了,医生说没有多少天的活头儿了。本来头脑还算清醒,可这几天突然不吃不喝了,像有什么心事,问他也不说,可把俺愁死了。父亲说,别哭了,我去看看。父亲来到大奎爹的床前时,他正仰面躺着,很虚弱。看见父亲,两眼一闭,挤了几滴浑浊的老泪。

父亲拉着他的手,说,老哥,我陪你说几句话吧。他点了点头。

父亲说,大奎娘死得早,你把大奎一把屎一把尿拉扯大,不容易啊。他又点了点头。

父亲又说,大奎已长大成人了,又给你养了个大孙子,也该知足了。

大奎爹嘴唇动了动,憋了好久,"唉"了一声。

父亲说,你有心事吧?要是信得过我,就说出来听听。

大奎爹两眼无力地看着父亲,轻声说,我这辈子太苦了,好不容易熬出了头,就得了该死的病,心里憋屈啊。我就想……就想死后,让大奎给我风风光光地出个殡,就知足了。他说着,那泪又来了。

父亲揉了揉发红的双眼,把大奎叫到床前,对大奎爹说,这容易,你想怎么个风光法?我让大奎照办就是。

唉!大奎爹轻轻叹了口气说,大奎日子过得紧巴,我真是不忍心。就怪我这当爹的没本事,没给大奎攒下钱。

这是啥话,咱当爹的把孩子抚养成人就行了。这样吧,过几天就让大奎去城里的"殡礼店",把冰箱、彩电、洗衣机啥的给你置办齐了,再预定一辆高级轿车,顺便给你备好一千万美元,再给你雇一套十支喇叭的响器班子,那一天灵棚里就放你最爱听的吕剧《李二嫂改嫁》,行不行?

真的?大奎爹两眼一亮,随即又说,可这要花多少钱啊。

父亲踩了一下大奎的脚,大奎忙说,爹,您放心,我银行里有钱呢。

父亲又对大奎说,去找张纸把这些事情都写好,按个手印,也

好叫你爹放心。

父亲拿着大奎写好的字条,在他爹的眼前举着,说,这下放心了吧。字条上那个红红的指印,映得大奎爹一脸的暖色。他点了点头,说,真好,这个殡应是咱村最风光的了。

父亲出来时,大奎送到门口,一脸的愁容。

父亲说,你小子傻啊,后事当然从简,可你爹走之前,你可把戏给我演好了。

不久,大奎爹就走了。父亲又被请去写挽联,大奎当着大伙儿的面对他说,我爹走得安详,很知足,这要感谢你的"快乐死"呢。

因为父亲的"快乐死"方法管用,不经意间,父亲的大名就走向小镇,甚至小城了。

终于,有人开小轿车把父亲接进了城里。当他站在豪华的别墅楼里时,才知道这是一个大局长的家。局长的父亲也得了绝症,也有满腹的心事。老人大概卧床好久了,身体很虚弱,但满脸的慈祥。他朝父亲点了点头,就让房间里的人都走了。他说,我想请你帮我办一件事,否则我死不瞑目啊。父亲一下懵了,觉得老人神经出了问题,一个局长的父亲竟要一个平头百姓帮忙,这不荒唐吗?父亲诚惶诚恐,满脸的窘色。

真的,你一定要帮我。他又说了一遍。父亲坐在床沿上,点了下头。

我儿子是个大贪官,你帮我向政府检举他。老人显然累了,喘息了好一阵儿,又说,以前我找他谈了多次,让他自首,他死活不肯,还说我老糊涂了。

父亲犹豫着说,这不合适吧?

老人说,我干了一辈子教师,却摊上这么个儿子,真是痛心,我就是被这事憋出病来的。听说你是个能让人死前快乐的人,你不帮我哪行啊。老人一脸的真诚。

父亲说,那我试试看吧。

老人又说,我这里有不少孽子贪污受贿的材料,在我的床底下,你走时捎着。到时你就对政府说我让你去的,也算是自首吧。这样他进了牢狱,也许能留下一条命。再晚了,就只有死路一条了。老人说完,连着叹了好几口气。

父亲也许好久没见过这样的事情了,有些激动,他说,您就放心吧,我一定照办。

老人突然笑了,虽然勉强,却也耐看,像一朵秋天的野菊。

后来,老人的儿子就被"双规"了。再后来,老人就去世了,他死的时候很孤单,跟前没有一个亲人,可老人的确是笑着走的。

父亲知道老人死讯时,已经过了很长时间了。他亲手编制了一个大花环,全是纯天然的野花,淡雅庄重,上面是他写的一副挽联:献给快乐死去的老人。父亲打听着来到老人墓前时,坟头已是芳草萋萋。

毒麦粒

二柱看见那只鸡时,它正低头耷拉着翅膀地趴在二柱家院子里的墙根下,完全没有了往日的威风。

这是邻居赵黑子家的一只大公鸡,威猛强健,平日里四邻八舍的鸡们被它欺辱的不少。这只鸡看起人来,两只小眼睛滴溜溜

地乱转,不躲也不避。那眼神,让二柱一下子就想起了赵黑子看自己老婆翠花的样子,就觉得憋气,就想过去踢它一脚。

他看了看那只大公鸡,心里说,哼!你的精气神呢。边想边捡了块瓦片,随手扔了过去。"啪"的一声,那鸡竟一头栽倒,死了。

二柱慌了,心想,这鸡死在了自己家,他赵黑子要跟我打起架来可怎么办?

二柱赶紧跑进屋里找老婆商量对策。翠花听了,拍了拍肚子说,吃了它,不就一了百了了。

二柱一听就乐了,我咋就没想到呢,咱是清炖还是红烧?

都躺这儿了,怎么弄还不是你说了算。翠花边说边笑着瞅了二柱一眼,脸上多了一片红。

那是那是。二柱乐呵呵地挺了挺腰杆,便开始拾掇起鸡来。

一会儿,那鸡就香喷喷地端上了桌。

二柱来到院子里,顶着白花花的太阳,偷偷朝赵黑子家瞟了一眼,顺手把门关了,回屋大吃起来。

半斤老白干下了肚,一只鸡也被两口子吃了个精光。

二柱家的大黄狗,在桌子底下钻来钻去,贪婪地嚼着主人吃剩的鸡骨。

二柱喝得有点儿高了,咂了咂嘴说,你跟了我,就只管吃香的、喝辣的。

你说谁呢,就你那点儿出息?老婆不屑地哼了一声。

二柱也觉得自己说的话有点儿大了,忙说,我说大黄狗呢。他起身又去院里端了一个瓦盆过来,瓦盆里是他掏出的鸡的杂碎。那狗瞧着,几口就吞下了肚。它摇了摇尾巴,去院里休息了。

二柱两口子也咂着嘴,沉浸在鸡肉的美味中,甜甜地睡去了。

临近傍晚,二柱被狗的叫声惊醒了。透过窗子,他看见那狗口吐白沫倒在地上,一命呜呼了。

翠花也被狗叫吵醒了,问二柱,那狗咋了?

撑死了吧。没出息的东西!二柱边骂边走到院子里。

太阳已经西沉了。

等翠花来到院子里,二柱早把大黄狗吊在一棵歪曲的树干上,给剥了皮,光溜溜地悬在空中。

矮墙那边传来赵黑子媳妇唤鸡的声音。不一会儿,她隔着矮墙问:二柱兄弟,看见我家的大公鸡了吗?

二柱偷偷止住笑,大声说,你家的鸡到处耍无赖,怕是给公安抓住"咔嚓"了吧。

矮墙那边骂了句死鬼,就没了声息。

香喷喷的狗肉一上桌,二柱仍旧是半斤老白干,喝得有滋有味。等一盆狗肉进了两人的肚子,夜已经深了。二柱端起肉盆又喝了口汤,打了个长长的饱嗝,一脸的满足。

半夜时分,二柱的肚子突然疼得厉害,浑身软绵绵的,一点力气也没了,便忙喊老婆快打120。

等翠花打完电话,也觉得肚子有些疼了。

医院里,医生对二柱两口子初步诊断后说,你们可能是食物中毒。

二柱听了,满肚子疑惑,说,我中午吃的清炖鸡,晚上吃的是红焖狗肉,咋会中毒呢?说完,打了个饱嗝,引得周围的医生护士笑出了声。

那这些食物你们的孩子吃过没有?这事可耽搁不得。医生又问了一句。

一提孩子,二柱两口子才猛地想起今天是星期天,儿子上午

去姥姥家了。中午和晚上,两人对着鸡肉、狗肉大吃特吃的时候,怎么就没想到儿子呢。

没吃,孩子绝对没吃。两口子肯定地摆了摆手。

最后,医院的化验单还是让二柱傻了眼,吃过的食物中含有大量的"毒鼠强"成分。

二柱简直懵了。

从半夜就开始输液,到第二天中午,二柱才觉得身上舒服了些。尽管乏力,可老白干撩人心肝的醇香还是弄得二柱想一步蹦回家。

从医院结算处回来,翠花把收据单一下摔到地上说,叫你馋!叫你馋!她边嚷边朝二柱狠狠地踢了几脚。

两口子刚到家,十二岁的儿子也从姥姥家回来了。

儿子一进家门,就伸着脖子在院子里东瞧瞧、西看看,连犄角旮旯也不放过。

怪了,莫非碰上神仙了?儿子嘟囔了一句。

你说啥呢?儿子。

我说这阵儿,他家的大公鸡死在这里才对呀。儿子小声说着,又指了指赵黑子家。

为什么?二柱吃了一惊。

那天,咱家的大黄狗见了赵黑子家的小花狗,刚要亲热一下,当头就挨了赵黑子一砖头,险些丧了命。我气得当场就想把他废了,可看到他那个凶样,就忍了。昨天,我见他家的大公鸡在咱院子里瞎溜达,就找了几包老鼠药,拌了一把麦粒,撒了过去……

二柱听了,惊得嘴巴张得老大,随即两眼一瞪,用手拍了拍儿子的胸脯,说了声:有种!

一张化验单

　　王长河得了癌症的事儿一传开，全卢村的人都觉得可惜，说他才四十几岁，人也厚道，多好的一个人呀，怎么偏偏得了这种病。说的人叹息，听的人也跟着叹息，卢村霎时就罩在了淡淡的悲伤中。

　　卢爱国听到这事时没有叹息，反而有些窃喜。吃饭时，他得意地对老婆说，王长河终于要死了。老婆剜了他一眼说，你嘴上积点德吧。积德？和我作对的都该死！卢爱国把酒杯朝桌上猛地一放，咧嘴想笑，可他的笑容还没完全绽开，王长河竟站在了面前，这让他吃惊不小。半月不见，王长河明显瘦了，满脸憔悴，手里还拄了一根棍子。卢爱国瞅了他一眼，屁股坐着没动，说，你咋又来了？

　　王长河小声说，还是为那钱。

　　你真是烦死人，我不是让你去法院告我吗？卢爱国不屑地说。

　　可借条都让你吞肚子里了，我咋告？人是要讲良心的，老天爷看着呢。王长河边说边喘，靠棍子支撑的身子明显晃了一下。

　　老天爷看着？真是笑话，那你肯定长命百岁了！卢爱国脸上浮出了一丝讥笑。

　　王长河两眼盯着卢爱国，说，我得了绝症，活不了几个月了，可我走时一定要把事情弄妥了。当初你向我借五千元钱时是怎

么承诺的？说当上村委会主任后立马奉还，还要把村里的果园、鱼塘啥的便宜承包给我作为回报，可五六年了，村里的资产都被你折腾光了我也没得到回报。其实这没啥，你借的钱该还吧？你不但不还，还找小痞子吓唬我，让我家的小卖部开不成。你，你咋这样呢？我家赚个钱不易呀！王长河说着，眼睛湿了。

卢爱国听了，狡黠地一笑，说，当初借钱是瞧得起你，若识点儿抬举，说不定哪年我高兴了就给你点儿，再这么执拗，连个借条都没有，当心我告你敲诈勒索！

王长河哭丧着脸说，你五六年了一分不还，还要赖把借条吞进你肚里了，天地良心呀。

哼！你这个敲诈犯！卢爱国站起来，明显烦了，抓起王长河的胳膊就往外拽。王长河一个趔趄，口袋里掉出了一张纸片，像是化验单，上面的字很潦草，还夹杂着一些弯弯曲曲的符号，但卢爱国还是认出了下面那个"癌"字。他迟疑了一下，手松了，说，你快回家吧，我和你动粗也太没素质了。钱半年内我尽量还你，虽说没有借条，可我还是讲信誉的。

半年？我等不到那天了。王长河嘟囔着，索性一屁股坐到了地上。

你这人脑子咋这么不开窍呢？要不是你生病，我早就打"110"告你敲诈勒索了。

你打吧，警察来了我也正好说说理。王长河坐在地上，半眯着眼，脸色好看了不少。

卢爱国一下没了主意，重又坐在凳子上，点了一支烟。想想五六年来，自己这个村委会主任在卢村谁不当菩萨供着，逢年过节谁不意思意思，有不少找自己办事的想送钱还要看自己的脸色呢。真是不识抬举的东西，借了你几个钱是不假，至于上门来讨要吗？五六年就等不及了，那我就让你等一辈子！有钱也不给，看你王长河有多少能耐！可节骨眼上这家伙竟得了绝症，数天活呢，要是碰巧死在自己手里可就麻烦了。

想到这，卢爱国笑着说，长河呀，你先回去养病，回头我给镇民政所打声招呼，给你家办份低保吧，钱不多，可也是我的一点儿心意呀。

王长河听了，摇了摇头说，这么些年了，村里办低保的好像都是有本事的富裕户，比我家还穷的多了去了，都没办低保不也活得好好的。我家不需要，把借我的钱还我就感激不尽了。

你这人咋还犟呢？卢爱国又想发火，被老婆推搡到里屋去了。

卢爱国出来时，王长河竟平躺在了客厅，嘴巴大张着，胸脯也急剧地起伏着。

王长河，你咋了？你可不能害我呀。卢爱国大惊，慌忙过去扶起王长河，让他坐到椅子上。

王长河吧嗒了一下嘴说，没啥，一时半会儿死不了，我就觉得躺地上舒服。

卢爱国一脸焦躁，说，我打个电话，让你媳妇和女儿来接你回去吧。

媳妇和女儿来的时候，王长河正坐在椅子上闭目养神。他微微睁了下眼，喘了好一阵儿，才说，你俩谁也不能动我，我胸闷得很，脑袋也晕，怕是血压上来了。

娘俩相互看了看，谁也没吭声。王长河接着说，我不回去了，要不明天再来多费劲呀。我都快死的人了，我啥也不怕，我以后死在哪里，逢年过节别忘了在哪里给我烧纸就行。

王长河的媳妇和女儿听了，忍不住"哇"的一声大哭起来。

卢爱国黑着脸,在客厅里转了几圈,从口袋里摸出一沓钞票扔到王长河跟前,恶狠狠地说,王长河,算你有种!好好拿着,留着给你的老婆孩子吧,她们以后会有好日子过的!

一家三口搀着王长河走出老远,还听到卢爱国在院子里扯着嗓子骂娘。

一眨眼,两个月就过去了,卢爱国估摸着王长河不死也动不了了,就想去羞辱他一番。走到半路,竟碰见王长河在村头的小学操场上锻炼呢,脸色红润,又伸胳膊又踢腿的。

卢爱国一愣,说,你不是得了绝症吗?

王长河呵呵一笑,你才得了绝症呢!这世道,对某些人不用点儿计谋可咋活呀。

卢爱国恼羞成怒,骂道:好你个王长河,你敢耍我?看我今后怎么整死你!

王长河一笑,说,你没有机会了!人在做,天在看,你这次逃不掉的!

你威胁我?卢爱国两眼一瞪。

威胁?那我就说一件刚知道的事儿给你听!王长河刚一说完,卢爱国就吓了个魂飞魄散,心说,这么隐秘的事儿他是咋知道的呢?

完了,完了!卢爱国喃喃自语着,身子就瘫了下去。

演 戏

那天,爹和娘的火气都很大,爹把娘推倒在地,又用脚去踢她的屁股。娘大声嚷,就不买,打死也不买!爹提着一个鼓鼓的黑色塑料袋刚迈出院门,就被追上来的娘死劲儿抱住了大腿。不一会,他俩的争吵就把左邻右舍引了过来。也许他们觉得老实本分的我爹娘打架是奇观,怕搅了这场绝佳的好戏,他们没有上前劝解,只是远远地站着,嘀嘀咕咕,更有"热心人"拨打了"110"。"110"来到的时候,爹和娘的争斗也正好到了高潮,娘从爹的腰带上拽出了一把小小的水果刀,一下就扎在了手腕上。我瞥眼看时,小刀正闪了一下光,又发出"哧"的一声,娘的手腕上就爬满了红红的血。

警察夺下娘手里的小刀时,娘又冲爹嚷了一句,就不买!爹两手死死地攥着那个黑色塑料袋,说,不就是一辆小车吗?十万八万的,有啥大不了的。

娘说,咱一个庄稼人买车有啥用?我就喜欢把钱存在银行里,不买!

爹气嘟嘟地说,不买就不买,到时别看人家的小车眼馋。

不眼馋!娘从地上爬起来,笑了。

在场的警察也笑了,说,这怎么回事儿啊,家和万事兴,好好过日子吧。

警察刚离开,那些邻居们就纷纷过来劝架,把爹娘感动得差

点儿哭了。

晚上睡觉时,我看见爹提的那个塑料袋放在我的炕头,就翻了一下,里面竟是一捆捆整齐的纸片。

爹喝着小酒,低声对娘说,今天你也太卖命了,不就是演个小戏给大伙儿看看嘛。

娘苦笑了一下,说,只要儿子能娶上媳妇,我就是死了也愿意。

那一刻,我的泪水滚了下来。

尽管大伙儿都喊我傻憨。

隔夜的猪肉

那时,三叔是卢村少有的能人,弄果树,种西瓜啥都在行,钱袋子年年涨鼓。有一年,乡里来了一位开明领导,认为只有村干部是致富能手,才能带领群众脱贫致富,干部自己都穷,他有啥能耐让大伙儿也富呢。因为这,三叔那年被乡里选拔进了村委会。

三叔干的是村委会主任,尽管村里穷得叮当响,可那时他才三十几岁,还是春风得意。都说"新官上任三把火",三叔也不例外,他想了几个晚上,终于弄出了第一把火。眼看就要中秋节了,三叔决定把自己圈里的肥猪宰了,让每个年满七十岁的老人分几斤肉过个好节。

那天,三叔带人去圈里捉猪时,三婶的泪就下来了。她说,人家当官是赚钱,你倒好,才干了三天就搭上一头猪。

三叔咧嘴一笑,说,过会儿电视台的来了,先给你录个像,到时上了电视和我一样风光,你就高兴吧。

上电视？三婶一下懵了。

对呀,邻村的光棍张狗子去年捡了个钱包,里面才三十块钱,还上了电视呢,咱可是一头猪呀。三叔一脸得意,顺手抹了下嘴巴,又说,我高中同学大于不是在报社嘛,他一会儿就来,还约了他电视台的一位哥们,明天县里的电视和报纸可都是咱卢村的新闻呢。

三叔一边招呼大伙宰猪,一对小眼一边不时地朝大门外使劲瞧。

三婶剜了他一眼,说,人家都是做好事不留名,你倒好,就怕全中国不知道！

三叔听了,不耐烦地说,你个娘们就知道瞎嚷嚷,这可是卢村的大事,会载入全县史册的。

这时的猪早就被开膛破肚了,鲜红的肉块腾腾地冒着热气。三叔用鼻子深深地吸了一下,好新鲜的猪肉呀。他对会计小毛说,就按你统计的人数割肉吧,一块块弄好了,电视台一来咱就去送,让老人们真实地感到咱村委班子的温暖。

三叔抬头看了看半空中的太阳,说,也该来了,我去村口迎迎他们。

好久,三叔耷拉着脑袋回来了。他说,我去乡上的邮局挂电话了,大于和电视台的哥们来不了了,今天都跟着县领导去山区敬老院送温暖了。

小毛指着案板上割好的猪肉,问,那咱们还送不送？

不送！明天吧,小于说明天他一定来。三叔点了一支烟,使劲咂了几口,呛得大咳起来。

小毛瞅了瞅毒辣辣的太阳,又说,就怕明天不新鲜了,可惜了

这肉。

不新鲜了？它咋就不新鲜了呢？你说说！三叔突然来了火气，两眼瞪着小毛。

满院子的人谁也不吭声。小毛慌忙招呼大伙把猪肉抬到三叔的屋子里，一窝蜂地遛了。

本来三叔是想中午送完肉后，和县里来的哥儿们去乡上的酒店撮一顿，顺便讲讲自己准备如何烧第二把火，让大于一起写进明天的报道里。这下可好，计划全泡汤了。三叔的心情明显不佳，午饭也没吃，就躺床上了。

一觉醒来，已是下午了。三叔起床瞅了瞅案板上的肉，打开了平时很少开的电风扇。霎时，屋子里凉快了不少。等天擦黑三婶从田里回来，三叔已坐在桌前喝上了，下酒菜是一盆乱炖的碎猪肉和一头剥开的大蒜。三叔精神好了不少，几丝笑爬在红红的瘦脸上，很耐看。

三婶斜了他一眼，说，上午黑着个脸要吃人，现在咋好了？你这人就一神经病！弄完这事儿，快把"纱帽翅"辞了，要不我非让你折腾死不可。

三叔"滋溜"喝了一口酒，半眯着眼说，看看，见识短吧。等我出名的那一天，谁不知道默默支持我的是老婆呀。

三婶撇了一下嘴，说点儿正经的吧，天这么热，这猪肉再放一晚上不会变味吧？

不会。再说了，就是稍有点味儿咱庄户人也吃不出。小时候爹领我赶集，半路捡了一只死兔子，回家扒皮炖了，爹和娘还没动筷呢，俺哥仨就吃光了。最后喝汤时，竟喝出了一只死蛆。可说实话，现在想想，真香呀。三叔舔了舔嘴唇，又咽了一口唾沫。

三婶说，要不你把小毛喊来，你俩用车子把肉驮到乡上大姐家吧,她家的门市里有冰柜。

你就放心吧,没事的。三叔又说。

第二天,三叔起得很早,等村委班子的人聚齐,大于也来了。他是自己骑着摩托车来的,风尘仆仆的,斜背着一个挎包,脖子上还挂着一架照相机。

三叔说,你电视台的哥们呢?

今天又跟着领导去慰问山区的贫困户了。要过节了,都忙。

哎,咋这么不凑巧呢,我这次是无缘上电视了。三叔不免有些失落。

大于说,行了,我多拍几张照片,争取让总编给你发个整版总可以吧。

三叔摩挲着脑袋,冲小毛他们一挥手,说,还愣着干啥,开始吧。

等把猪肉送完,几个人累得腿都迈不动了。吃过午饭,送走了大于,三叔把自己放倒在床上,沉沉地睡去。

第二天中午,三叔准备去乡上,看看报纸出来了没有。刚出大门,见门口停了两辆警车,呼啦啦下来了不少人,有扛录像机的,也有端相机的,乡长竟然也在。乡长说,小卢呀,你村不少老人上吐下拉,都在卫生院治疗呢,听说是吃了你送的猪肉。

三叔一听就傻了,说不可能吧?

不可能?有人已经把事儿捅到县里去了,县里指派电视台和报社的记者下来调查呢。乡长瞪了三叔一眼,又说,你先去派出所接受调查吧,看来今年全乡的先进被你弄没了!

看着警车拉着三叔离去了,三婶一屁股坐在了地上。好久,她才嘟囔了一句:卢老三,你这次保准能上电视了,你出大名了!说完,眼泪"哗"地就下来了。

青龙镇上的失踪案

老李去邻县的青龙山游玩，中午时便到山脚下的镇子上吃饭，镇子叫青龙镇，因山得名。

在一家饭馆坐下，老李点了两个家常菜。刚吃了一半，门外进来了一个四十多岁的男子，摇摇晃晃的，像喝醉了酒。他一屁股坐在老李邻桌的凳子上，就吆喝老板娘上菜。好一会，老板娘才磨磨蹭蹭地过来，赔着笑说，牟哥，今天实在不巧，鸡和鱼都没了，要不炒两个青菜将就一下吧？

那男子一听就火了，歪斜着身子站起来说，你是怕我不给钱吧？没有了赶紧去买呀！随手把桌上的一把茶壶摔成碎片。

好，好。老板娘一边应着，一边快步地走了出去。

霎时，饭馆里所有的顾客都停止了说笑，偷偷地看那男子。

男子重又坐下，大声说，他娘的，在青龙镇我就是大爷！谁敢让我不高兴，我就让谁死！我敢杀人，你们信不信？他嚷嚷了一阵子，竟趴在桌子上打起了呼噜。

老李觉得这男子也太嚣张了，就趁老板娘在厨房里忙活时，进去和她聊了一会。

老板娘说，牟哥以前不是这样的人，好像还养过猪。哪像这几年，整天喝得醉醺醺的，动不动就和人打架，出手狠，哪次都玩命呀。况且他老婆又死了，也没个孩子，谁和这样的人计较呀。天天在青龙镇的饭馆里转悠，白吃白喝。唉，青龙镇就从没安生过。十几年前出了个杨大疤,比牟哥横多了,整天领着一帮人干些偷鸡摸狗、巧取豪夺的事儿。可有一天突然失踪了,到现在也没人见他在青龙镇现身呢。

失踪这么些年,杨大疤的家人就没报案?老李问了一句。

报了。公安查了很久,也没有结果,这案子就搁起来了。也许杨大疤真去了外地没回呢。

嗯。老李点了点头,又说,这么好的一个镇子,当地的治安不咋样呀。

可这些小混混大错不犯,小错不断,最多弄里面关半个月又出来了,关来关去的,派出所也没啥好法子呀,又不能天天看着他们。

老李听了,没吭声,回身想去自己的饭桌。

这时,那个牟哥醒来了,正大叫着上菜。老李就坐了过去。老李说,兄弟,我陪你喝一杯吧。今天这顿饭就算我请你的,可要赏脸呀。

牟哥咧嘴一笑说,好,好呀。可,可你要请我,为啥呀?

老李说,我是外地来游玩的,一个人很寂寞,就想和你聊聊天。

说完,老李冲老板娘说,好酒好菜尽管上,我要和这位兄弟一醉方休。

很快,两个人就喝干了一瓶酒。老李又开了一瓶,给牟哥倒满,老李说,兄弟可要尽兴呀,要不就看不起我了。

那是,那是。牟哥有些兴奋,但显然大醉了,酒杯端了几次也没端起来。

老李说,兄弟,你认识侯三吗?我的一个朋友,就是你们青龙镇的。

不，不认识，无名小辈吧？牟哥晃了晃头。

他有个哥们叫杨大疤，听说很厉害，是个大老板呢。去年侯三借了我五万块钱，说要跟着杨老板干点生意，到时候赚了钱加倍还我呢。

牟哥听了，眼睛一蹬说，你那个朋友放狗屁呢，你被骗了！

老李皱着眉说，不可能吧？

嘿嘿，不信就算了，杨大疤都死了十几年了，还跟他做生意，见他娘的鬼去吧！

死了？那侯三怎么说天天和他一起喝酒呢？老李一脸的疑惑。

你……你就听兄弟的，赶……赶紧把钱要回来。牟哥说着，身子一斜，就醉倒在地上。

老李赶忙走到饭馆门口，掏出手机拨了个号码，一会儿警车就到了。

临近傍晚，派出所传出消息，十几年前的"杨大疤失踪案"告破，牟哥就是凶手。

醒了酒的牟哥满脸沮丧，供出了杀人的全部过程。十几年前，牟哥和杨大疤就有来往，经常在一起吃吃喝喝的。有一次，牟哥外出回家，正巧碰到杨大疤调戏自己的妻子，气愤至极，就操起一根木棍抡了上去。杨大疤死后，夫妻俩就把他剁成了肉块，装在了口袋里。那时，夫妻俩正好在田里建猪圈养猪，就偷偷地把杨大疤的尸块砌到了圈墙里。

在杨大疤的匿尸现场，从牟哥废弃的猪圈围墙里，发现了许多零零碎碎的白骨。现场的人见了，都禁不住一阵唏嘘。

派出所里，前来督战的局领导握着老李的手，亲切地说，你叫啥名呀？真是太谢谢你了。

老李说，我也是个老警察呀，普通一兵，是邻县的李火眼。

李火眼？哎呀，全省大名鼎鼎的破案能手呀！局领导激动不已。

老李呵呵一笑，说，刚退了，本是来游玩的，没想到"搂草打兔子"，又赶巧了。

媳妇讨债

同事老张借了我两百元钱，很长时间了也没还。后来我下岗了，日子紧巴了，就又想起了那钱。

可老张见了我竟说借钱的事没印象了。他老婆也不问缘由，就一口咬定"没钱"。我做梦也没想到是这样的结果，就对老张说，你再想一下，那次借钱后你去玩扑克了。他老婆听了开口大骂，老张吓得扭头躲进了房间。眼看着两百元钱就要引爆一场家庭大战，我只好悻悻而归。

回到家，我越想越气，借了我的钱，不但不还，还连句好话也不说，凭啥啊？过了几天，我又去了老张家。这次老张干脆面也不露了。他老婆说话更气人，你说老张借你钱了，有借条吗？

我说，都是哥们，写啥借条。

他老婆两眼一瞪，那不行，没有证据，当心我告你个敲诈勒索！

眨眼间，自己糊里糊涂竟和犯罪扯上了，我吓得拔腿跑了。

后来，我想到这两百元钱，心里就堵得慌。媳妇说，钱咱就当

丢了,买个教训,过些日子,我去试试。

那天,媳妇穿了一身薄薄的黑色长衣长裤,戴了一顶乳白色的太阳帽,很清爽。她说,咱再没钱,也不能穿得太寒碜,让人家瞧不起咱。

媳妇找到老张家门时,见他家里喜气洋洋的,就向旁人打听,原来是老张的儿子结婚。媳妇觉得不妥,想回去,可想到老张两口子的作为,就进去了。老张老婆很吃惊,也许是媳妇的穿戴与今天的场合不相宜,她盯着媳妇足足看了五分钟,就回房拿了两百元钱和一个红包给了我媳妇。

媳妇回来后很高兴,说,老张媳妇还赏了一个红包呢。我赶紧凑过来,打开红包,红包里没有钱,却有"算你狠"三个字。

我会让你富起来

他走进这条街时,一眼就看见了马路旁的报刊亭。报刊亭的主人是个二十几岁的姑娘。他见到她时,眼睛亮了一下,就想起了乡下的邻家小妹,和她一样的清纯,一样的漂亮。

他是个爱读书的青年,闲暇里也写点儿小诗。诗发表的那天,他拿着样报给她看,她乐了,说,我喜欢你,快向我爹我娘提亲吧。他点了点头,满脸的幸福。

可这是两年前的事情了。

如今,他像一条丧家犬,连正眼看人的勇气也没了。头发有一年多没洗了,脏乱不堪,衣服也有几个月没有换洗,散发着一股刺鼻的酸臭味。他已经两天没吃东西了,身子虚弱得连走路也有些吃力。但他看到书时,心里还是暖了起来。他对书太有感情了,那是他的爹娘啊。

他对她说,小妹,给我几块钱买点儿饭吃吧,我饿了。

他把手伸了过来,他相信小妹。

女孩听了,先是瞪大了眼睛,然后就吼了一句:几块钱?你比税狗子还狠哩,我这钱可不是天上掉下来的。臭要饭的!

他一下傻了,这才猛地想起自己的确像个要饭的了。

可我实在太饿了。你帮了我,我会让你富起来的。他又说了一句。

你会让我富起来?亏你说得出口!女孩鄙夷地撇了撇嘴,把他面前的橱窗"咣"的一声闭严了。

他的心哆嗦了一下,没再言语,便缓缓向前走去。

这条街是这座城市最繁华的商业街,各种店铺多如牛毛,整日里人流如织,热闹极了。其实,他对这里一点儿也不陌生。当年他在这座城市打工时,就是在这里买了一双凉鞋,亲手送给邻家小妹的。他歪着头站在那里,呆呆地想了一会儿,嘴角泛起了一丝笑意。

这时,他面前出现了一座酒楼,富丽堂皇,很是壮观。他在门口迟疑了一下,便站住了。

他看到了一片红红的地毯从里面一直铺到了马路边,那颜色好艳,弄得他有些目眩。他还看到了一个保安,长得高高大大,背着手在门口晃来晃去。他就想,这个酒楼的主人肯定是个企业家,这个企业家也一定乐善好施吧。想起电视上播放的企业家捐款捐物、慷慨解囊的镜头,他的心就又暖了起来。他想,在这里吃顿饱饭应该可以吧,他似乎闻到了一股红烧肉的味道。他咽了一

口唾沫，又想，就是给碗热稀饭和几个热馒头也成啊。

可是错了。

当他走进门口时，从里面走出了一个很儒雅的中年男子。那男子见到他，先皱了一下眉，脸色又马上难看起来，指着那个保安骂道：你瞎眼了，不马上把他弄走，我炒了你！那保安便慌慌地过来拦他。

你给我弄点儿吃的吧，我太饿了。他忍不住说了一句。

你去那儿吃吧。那男子顺手指了一下马路对面的一座小房子，就匆匆走了。

他扭过头去，怔怔地望了很久，才发现是一处公共厕所，人进人出，倒也拥挤。保安哈哈大笑起来，架小鸡一样，三下五除二就把他弄到了马路的中央。

你就行行好，给我弄点儿吃的吧，我会让你富起来的。他刚说完，就有人嘻嘻哈哈笑成了一片。他一抬头，见旁边围满了看热闹的人，他们指手画脚，满脸的坏笑。

保安止住笑，说，你让我富起来，你不是说胡话吧？刚才那人是我们经理，市人大代表，他天天说让我们富起来，可到现在还欠我们工资不发……

他浑身哆嗦起来，饥饿再一次疯狂地吞噬着他的内脏，他有些支撑不住了。

他吃力地往前挪着。

过了许久，他在一个烤地瓜炉前停下了。炉的旁边坐了一个干瘦的男子，正拿着一本杂志看得起劲儿。封面上是一个美女，两个硕大的乳房把她的上衣撑得要破，她双目含情，正对着路人微微而笑。炉的上面放了两个烤得发焦的地瓜，热气腾腾的。他咽了下口水，一股久违了的乡情乡味一下就扑了过来，把他的肚子撩拨得更加难耐,他过去猛地抓起一个就吃了起来。等那男子发现,他已连皮吞下了大半。男子大怒,一步跨了过来,劈手给了他一记耳光,他的脸上立马有了五个红红的指痕。

他愣了一下说,我太饿了,你让我吃了这个地瓜吧,我会让你富起来的。

你会让我富起来?呸!你也不撒泡尿照照。男子一把夺过那小半块地瓜,狠狠地摔在地上,又一脚踩得稀烂。

滚!你信不信我弄死你。此时的男子像极了一条发疯的野狗。

周围嘻嘻哈哈的笑声又成了一片。

他满脸羞臊,转过身木木地走了。

他走到一根电线杆前,站住了。电线杆上是一张新贴的通缉令。年关将至,那些身负大案的在逃疑犯重又提上日程。于是,一夜之间,通缉令便又贴满了这座城市的大街小巷。

通缉令上有一张青年的照片:二十几岁,很清秀,满脸的善意,眼睛暖暖的,满含着对未来美好生活的无限憧憬。照片下面是一行行密密麻麻的文字,记录着整个犯罪过程。文字的最后是关于疑犯知情人对公安机关提供线索的承诺,赏金五万元。

他呆呆地望着,脑子里便渐渐浮出了一些往事。

他是个孤儿。两年前,为了攒够娶邻家小妹的彩礼钱,他来到这座城市拼命地打工,到头来,工钱却成了泡影。他找到包工头索要工钱,两人吵了起来,他一冲动,便顺手摸了块砖头砸了过去。后来,包工头死了。再后来,他逃离了这座城市。

在逃的一年里,他看到警察或听到警笛声,就提心吊胆,惶惶不可终日。他从电视、报纸上看到了通缉自己的消息,知道赏金五万时,他笑了,笑得很苦。他不明白自己是个要死的乡下娃,为

啥还值那么多钱。他想了很久,也哭了很久。厌倦了逃亡生活的他,决定回到那座令他断魂的城市,投案自首。他弄了一张登有通缉他的报纸,小心地叠好,放在口袋里。他本想先回家乡见邻家小妹一眼,然后做个顺水人情,让她报警,把赏金得了,好让他以后的日子过得滋润些。没想到,小妹早已嫁给他人。他心灰意冷,连死的勇气也没了。

来到这座城市时,他早已饥肠辘辘。他想,如果有人热汤热饭地管饱他的肚皮,就把口袋里的"赏金"拱手相送。五万元,对于一个普通老百姓来说,是足以借此跑步进入小康社会的。

谁知——咳!

他突然哈哈大笑起来,笑着笑着,脸色便有些苍白,他觉得头晕目眩起来。他抬头望了望电线杆,又用手摸了摸通缉令上的照片,鼻子一酸,眼泪夺眶而出。良久,便一头朝线杆撞去。

头上的鲜血汩汩地流了好久,他才重重地倒了下去。周围的人一下没了声响,死了一般。

新年将至,有大朵雪飘下,落到他身上,扑扑地响。

种在墙上的黄豆

我爹是个泥瓦匠。他砌的砖,不用拉线也整整齐齐的,特别是他抹的墙,平平整整地泛着光,像一面大镜子。主人家叫好时,爹就抱着胳膊,在房子前横瞅竖瞅,满脸的得意。

爹三十几岁就在小镇上有了些名气,常被包工头领着到小镇以外的地方去建房。

那一年,爹到离家五十多里的外县建房。房主是个很淳朴的农民,他建的是五间红砖瓦房,宽大的门窗,亮亮堂堂的,谁见了都说好。那是完工的最后一天,正巧是端午节,主人很高兴,就让他的媳妇去集上买粽子给大伙吃。粽子买回后,爹刚好去了厕所,也许主人大意了,爹就错过了品尝的机会。听着大伙儿说着粽子的香美,爹心里很不是滋味,他抹着墙壁,整个上午没说一句话。中午收工的时候,爹独自去了一趟村外的小卖部。回来时,爹的脸红红的,好像喝了酒,他的裤兜里竟多了一把黄豆。黄豆是生的,圆滚滚的,在爹的裤兜里欢快地挤压着。

下午抹墙时,爹突然有了精神,干得出奇的快。他瞅瞅身边没人,就从裤兜里摸出几粒黄豆,均匀地摁进湿湿的灰浆里,再把表皮抹得溜光。就这样,那把黄豆就被爹悄悄地种到了一面光光的墙壁上。爹像往常一样,抱着胳膊,又在墙前端详了很久。他似乎看到几天后,那些吸饱了水分的黄豆,正挺着发福的肚子,把墙皮一块块地挤下来,墙壁瞬间变得坑坑洼洼,像一个满脸麻子的老人。爹板着脸,心里却在嘿嘿地奸笑。

房子完工时,天已经擦黑了。爹结了工钱,饭也没吃,就骑着自行车赶了回来。爹躺在铺上,半夜了还在絮絮叨叨。他问母亲,你说黄豆种在墙上是个什么样?你说一个粽子能值多少钱?母亲显然被爹的话弄糊涂了,没好气地说了句"神经病",就再也没理他。

二十多年后,爹也成了一个很牛气的包工头。

那时,我正和在城里打工的大梅谈恋爱。大梅家在外县,是个孤儿。爹知道后,死活不同意,觉得我降低了门槛。可大梅的善良和美丽还是打动了我,没办法,我和爹打起了冷战。

时间一长,爹有点儿屈服了,让我把大梅领到家来,他过过目。大梅来到后,爹就和她拉起了家常。爹问了住址,又问起家庭情况。当触及父母时,大梅双眼蓄满了泪水,一脸的忧伤。她说,父亲的死亡真是太突然了。那年我们家的葡萄大丰收,父母就请人盖了五间很漂亮的瓦房。完工后的第三天,父亲却突然发现好好的一面墙被糟蹋了,墙皮掉了一地,里面竟有鲜鲜的黄豆!老实的父亲怎么也想不出自己为啥遭了算计,受不了刺激,突发了心脏病。爹听了,一下僵住了,满脸的惊奇和不安。好久,他才小心地问了句,以后呢?大梅说,以后的日子过得很苦,母亲天天活在悲伤中,几年后也生病去世了。我痛恨那个外乡的泥瓦匠,可这么些年过去了,我总是想,也许命该如此吧,也许他不是故意的呢。大梅说着,又是一脸的坦然。

爹站起来,竟是满脸的愧疚,他点了一支烟,在屋里踱来踱去。许久,他把母亲叫到一边,满脸凝重地说,从现在起,大梅就是咱家的人了,好好准备一下,给他们办个体面的婚礼吧,千万别再委屈孩子了。

钱多不是病

小镇上,若论屠猪,贾家当推世家。

贾家也不知先人操这行当有几辈了,反正传到贾云爹这里,已是技艺甚佳。每次贾云爹握着一把锋利得让人眩晕的屠刀,站在小镇的街心上手刃猪身、飞刀剔骨时,总引得不少路人驻足围观，啧啧称赞。只可惜适逢全国上下大割"资本主义尾巴"，贾云爹便只好洗手封刀。

过了许多年，上头允许一部分人先富起来时，贾云爹已经老了。重操旧业、发家致富的希望便留给了贾云。贾云生性胆大，又健壮如牛，看来杀猪卖肉，沿袭世家之誉是再合适不过了。于是，贾云便选了个吉日，一副贺联，一挂鞭炮，"贾氏肉行"便开张了。也许有爹在一旁坐镇指导，贾云屠猪竟一点儿也不慌乱。他下刀准、狠，干净利落，日子不长其手艺竟略胜父亲一筹。那时，小镇上屠猪者唯贾氏一家，生意自然异常红火。那一年，贾云十八岁，媒婆几乎踩平了他家的门槛。

又过了几年，小镇上又有几家支锅屠猪时，贾云已腰缠万贯了。况且他的眼光早就掠过小镇，在城里停留了。城里有一家肉联厂，厂长是贾云老婆的一个远房亲戚。贾云几经打点，便弄到了一份包收全部精肉和下货的合同。这下子，贾云的买卖就大了。他雇了几个帮手，整天握把屠刀，在猪身上连捅带剁，甚是威风。

又过了几年，贾云盖起了小楼，买上了汽车，据说存款也十分丰厚。就在这时，贾云却遇上了麻烦。先是肉联厂的厂长告诉他，厂子要垮台了，以后就不要再送肉了。贾云一脸的疑惑，挺好的厂子说完就完了？完了。厂长说，你小子别装蒜，这几年仅你送的肉里注水也有几吨吧！贾云心亏，便不吱声了。滚滚财路一下子泡了汤，贾云就老觉得心烦，干起活来也无精打采的。

紧接着，市里又下了通知：各镇屠宰户一律实行定点屠宰，坚决杜绝注水肉上市。这一下，贾云就底气不足了。瞎捣鼓，这肉不注水，除了这费那费的，还赚个球！老子不差这几个钱，不干了。贾云说话算话，把屠猪的工具往墙旮旯一扔，就歇下了。其

实,几年前他就有个见好就收的想法,只不过那时爹还健在,他不想让爹看见这世家的沿袭毁在自己手里。如今,爹早已入土为安,儿子也上了大学,按祖宗的规矩,总不能让儿子毕业后也杀猪卖肉吧。再说,自己有的是钱,还杀什么猪。

贾云每天美酒佳肴,看电视,唱卡拉OK,悠闲自在。可日子一久,还是腻了。想想自己当年操刀屠猪时的那份惬意,贾云手就发痒。再闷了,贾云就拆自家那台大彩电,大大小小的零件拆了一堆,倒难住了贾云。这些零件不像猪肉,大小不一的一堆肉块他一阵吆喝就卖光了。可现在他费了半天劲,也没把零件弄回原位,一时心烦,就扔垃圾堆里了。以后他见了屋里的影碟机、冰箱什么的,就猛烈地涌起一股给猪开膛破肚、大卸八块的冲动。结果就把他们拆开了,结果装不上又扔了。老婆心疼,贾云就嚷:咱有的是钱,你说咋花?不就是扔几件破电器吗?少见多怪!

贾云原本在小镇就富甲一方,再加上拆电器、扔电器的一折腾,就让镇上的人摸不着深浅了。人们议论纷纷,说贾云大概是得了神经病,可每天见他神采奕奕、风光万千的样子,又觉得言之不妥。便说贾云定是看破了红尘,视钱财如粪土,大有仗义疏财的苗头。

于是,村委会主任就去了几趟贾云家,每次都见贾云斜倚在椅子上闭目养神,就悄悄地溜了。这天村委会主任见到贾云,忸怩了半天,竟有些不好意思了。

有屁就放,你想憋死人啊。贾云一笑。

主任忙说,有点小事儿,你手头如果方便的话,我想请你捐个千儿八百的,把学校的旧课桌拾掇一下……

主任的话刚说了一半,贾云就急了:敢情你是讨债来了?

哪里,这是自愿的事,也算是对集体的无私奉献吧。主任也急了,我不是这个意思,我是想……

你想什么?我还想当国家主席呢。神经病!

贾云两眼圆睁,抓起一只杯子摔了个稀碎。村委会主任吓得抽身就跑,跑出老远,贾云的叫骂声还在耳朵里嗡嗡作响。

过了不多久,贾云竟爆出了大新闻。他把自己的胳膊硬生生砍得差点儿掉下来,住进了医院。院方要一万元押金,贾云眯着眼说,这么少啊,先给你们三万吧。院方说,您真是大方,可再有钱,也不能砍自己的胳膊啊。谁管得着啊,我有的是钱,况且我想玩的就是操刀见血的事儿。

此话一出,满屋人惊异不已。

风 景

丁大峰是小报的摄影记者,胡须留得老长,一看就有个性。他除了给领导拍点儿会议照片,空闲里还喜欢拍些乱七八糟的东西,投给晚报,赚点儿爆料费。

这天一大早,丁大峰就背着相机来到了郊区的人工湖。虽是初冬,但来玩的人不少,有散步的,也有冬泳的,也许能拍点儿爆料的好片。他今天高兴,特意穿了一件大红的外套,显得很阳光。他两眼搜寻着目标,终于看到了一个小偷把手伸进了湖边游泳者的衣服里,摸到钱包后,抽身跑了。丁大峰一喜,习惯地举起了相机,可他还没把相机端稳,就被人踢了一脚。有人凑过来,在他眼前晃了晃弹簧刀。丁大峰一下子蔫了,他放下相机,望着那人远

去的背影,心想:好悬啊,亏了没喊,要不这小偷的同伙还不给我一刀。想想自己既没破财,也没挨打,丁大峰又一下子兴奋起来。他觉得这大清早再不弄点儿风景出来,实在对不起自己的高档相机了。他看了一眼立在湖边的那些熊猫塑料垃圾桶,就绕到一个僻静处,一脚把一只垃圾桶踹进了湖里。他躲在一丛灌木后,看着垃圾桶一沉一浮的样子,大喊:有人落水了!听到喊声,那些湖里湖外的人,一个劲地向垃圾桶涌来。丁大峰笑着,举起相机按下了快门。

丁大峰跑出老远,在一棵歪脖树下站住了。他远远地望着"爆料现场",伸着舌头扮了个鬼脸,又骂了声疯子。

几天后,他在晚报上意外地发现了一幅照片。照片上是一个长胡子男人的侧影特写,他眯着眼睛,舌头伸出老长,一脸的龌龊样。照片的光感和色度很好,特别是他身上的大红外套,把丁大峰晃得揉了好几次眼睛,才发现这人竟是自己。他有些吃惊,自己啥时成了人家眼里的风景呢?他又瞅了一眼照片下的标题,看见了两个字——疯子。

肇事的玉米

他驱车在路上,意外目睹了一场车祸。

被撞的是一个蹬三轮的老妇人。老人倒地后,司机见路上没有行人,见他的车子远远地停了下来,就驾车逃逸了。

老人在地上挣扎着,很吃力,也很痛苦。

妻子说:"追!快追上肇事车辆!"

他迟疑了一下,说:"追上了,要是……"

女儿说:"那就快打电话报警,咱过去救救老奶奶吧。"

他又迟疑了一下,说:"可她的家人要反咬一口,说是我们撞的咋办?"

车子里好一阵儿沉默。

透过车玻璃,他远远地看见老人躺在地上,已经没有了挣扎的迹象。

直到一辆路过的警车停下来,他才将车开过去。他走下车时,老人半趴在血泊中,早就停止了呼吸。她的身边是一地散落的玉米棒子,嫩嫩的,散发着淡淡的清香。

他全身猛地打了个战,乡下的姑姑?是姑姑!他不顾一切地上前将老人揽在怀里。

他这才突然想起昨天姑姑打来的电话。姑姑说,地里的玉米熟了,我要拿一些到县城卖,到时顺便给你带点……

他无力地跪倒在地上……

表演节目的乘客

也许是学生开学返校的原因,县汽车站候车室里的乘客比以往多了不少,显得乱糟糟的。晓军坐在座位上,静静地看着来往匆忙的人,若有所思。

这时,一个女孩边走边打着电话来到了面前。"妈,我到车

站候车室了,你不用担心,学费我早就收好了,不会丢的,一到学校我就给你打电话……"声音虽不大,但周围的人还是注意到了她。二十岁左右的年龄,背着一个鼓囊囊的书包,手里还拎着一个装满了衣物的手提袋。女孩长得俊美,衣服却朴素,浑身上下透着一股与生俱来的乡野气息。女孩打完电话,就站在一边搜寻空座位。看着重重的书包压在她的背上,晓军刚想站起来让座,旁边的一个光头青年却站了起来:"小妹妹,来这里坐吧。"女孩望着他的发型和手背上的一块刀疤,摇了摇头。这时,光头身边的另一个青年站了起来,他也笑着说:"小妹妹,来这里坐吧。"他边说边上前拉了拉女孩的胳膊。女孩看着他一脸阳光般的笑容,迟疑了一下,就坐了。小伙子长得清秀,穿着也很得体,说起话来更是有板有眼,很有亲和力。小伙子帮女孩把书包和手提袋放在脚边,又递给她一瓶矿泉水。小伙子很健谈,女孩满脸笑意,也说了不少,看来两人还挺投缘。通过听两人聊天,晓军也基本知道了女孩来自农村,刚刚被省城的一所大学录取,是去报到的。因为爸爸死于多年前的一次车祸,妈妈又农活缠身脱不开,只好自己去学校了。看着两人聊得热闹,光头青年不时地朝他俩瞪眼撇嘴,一脸的不屑。

  晓军抬腕看了下手表,离客车开往省城的时间还有半个多小时,他刚想眯会儿眼,却被女孩的一声尖叫吸引了。晓军抬头望去,见给女孩让座的青年正抓着她的书包飞快地朝大厅外跑去。人群一片混乱,晓军刚要起身追赶,却见光头青年早就追了出去。光头健步如飞,不一会就追到了跟前,他身子一蹲,一个扫堂腿就把男青年弄了个"狗吃屎"。他夺下女孩的书包,又把男青年从地上拎了起来。望着追上来泪流满面的女孩和围得里三层外三层看热闹的乘客,光头说:"我是省城剧院的演员,下来体验生活的,因长得丑,舞台一直演坏人,现实生活中虽不招人待见,但品行还算可以吧。"女孩一下红了脸,逃跑的男青年也一脸无辜地坏笑。这时,车站的治安员也闻讯赶来了,要把男青年带走时,光头又说话了:"这位帅哥是我的搭档,也是剧院的演员,这次我俩下来体验生活有好几项内容,其中一项就是'现身说法',通过我俩的现场表演,让人们认识到和陌生人打交道不要只注重外表,不要被一个伪装着华丽外表的坏人蒙蔽了双眼,要时时有所防范,才能做到自身和财务的安全。"说完,两人都掏出一个绿本本工作证晃了晃。人群里有人喊了声好,接着掌声响成了一片。

  候车室又恢复了先前的状态,男青年笑着对女孩说:"妹子,没吓着吧?你的学费应该随身携带,怎么能放在书包中呢?我要真是一个毛贼,你就惨了。"女孩笑了笑,说:"没事的,我碰上的都是好人呀。"光头把书包递给女孩,说:"好好拿着吧,我俩也是回省城的,咱正好一趟车,到时送你去学校,放心吧。"女孩点了点头,一脸的幸福。晓军望着对面三个和自己同龄的年轻人,内心也泛起了一股暖意。

  不多会儿,晓军和三个年轻人一起上了开往省城的大巴车。车上满员,狭小的空间顿时让人们感到了压抑,两个年轻人就发挥自身特长为大家表演节目,给乘客带来了快乐,也赢来了阵阵掌声。女孩满脸激动,自豪地把头靠在了男青年的肩膀上。临近省城一处人流拥挤的地方,男青年对女孩说:"我们在这里下车吧,搭出租车十分钟就到学校了。"女孩点了点头,光头替她拎着书包,男青年替她拎着手提袋,还用一只胳膊柔柔地拥着她,俨然像一对热恋中的情侣。他们走下大巴没几步,晓军就见男青年猛地甩开女孩,和光头一起大步朝人流中跑去。女孩的尖叫再次响起时,大巴车还没启动,但晓军早已跳下车如箭般追去。一会儿,

晓军就撵到了两人身边，两手各抓住一个的后衣领，只轻轻一拽，两人就摔倒在地。晓军跨前一步，把两人拖到一起，先用脚死死踩住男青年的脖颈让他动弹不得，又麻利地把光头的双手背在了后面。这时，已经围上了不少人，女孩一脸惊愕地看着躺在地上的两青年，犹豫了片刻，拿出手机拨打了"110"。

望着地上不断求饶的两贼，晓军说："你俩的确会演戏，刚开始我也被迷惑了，但通过慢慢观察，我发现你俩看到有钱人时眼神都会走样，全是贪婪和猥琐，并且人多拥挤时总想靠上去，还时不时眉来眼去地做小动作，这些都是贼惯有的本性。最主要的是你俩靠演戏骗取大家信任的伎俩，是最近一些大城市窃贼的新招，巧的是，我刚刚在微信上看到了公安专家的友情提示。所以，我就对你俩格外留心，没想到你们还真是贼！"听着由远而近的警笛声，晓军又说："我刚从警校毕业，通过半年的实习和考核，已经成了一名真正的警察，今天我是正式来省城辖区派出所报到的，没想到抓了两个贼，算是见面礼吧。"

不是暗访

卢五开着自己的二手"捷达"刚驶进闹市区，就被一泡尿憋坏了。他好不容易拐进一家停车场，却见车头挨车尾，根本没有一个空位。他只好开出来，又拐进另一家停车场，这次有空位，却被告知收费二十元。卢五想，我就是撒个尿，最多几分钟的工夫，二十元也太贵了吧。他摸了摸发胀的小腹，咬着牙把车开走了。

刚走不远,车轮子碾上了一块砖头,颠了一下,他觉得尿就要出来了。卢五这时后悔了,为了二十元钱把尿洒裤裆里可就丢死人了。不行,得抓紧找个地方解决了,假如再要二十元就立马给。他想着的时候,就看到了不远处有一家豪华的休闲洗浴中心,卢五猛踩油门,直接把车开到了大厅的前边。还没下车,一个身穿制服的保安就跑了过来,个子高大,但看着有点老。他说:"这里不能停车,快把车子开走。"卢五被尿憋得满脸通红,急急地说:"为啥?我给停车费。"老保安瞅了瞅卢五的捷达,嘴一撇,说:"不是钱的事儿,这地方是贵宾专用车位,老板吩咐过,给多少钱也不行。快开走!"这时,卢五已经感觉尿就要出来了。他脑子一转,顺手拿起仪表台上的驾驶证,背面朝保安晃了晃,神秘地说:"我是电视台暗访记者的司机,来接他们的。"说完,径直下车就朝大厅里走去。保安闻听,似乎吃了一惊,紧走几步,跟在卢五身后问:"你们是哪个电视台的?"卢五一笑:"不告诉你,反正我们的节目中央的大官每晚都看。"看着保安一脸惊奇地样子,卢五急急拐进了一边的走廊,挨门找着上面的"WC"标志。见卢五挨门"侦查"的样子,老保安悄悄地溜了出去。

　　卢五从厕所出来,顿觉精神抖擞一身轻。可他刚到大厅门口就傻眼了,那个保安竟然站在自己的车旁不停地朝里瞅,看来是非要问个水落石出的。要是事情露了陷,罚单一撕,怕是几百元就打水漂了。卢五就觉得这泡尿急得真不是时候,想着想着就怪自己出门前不该喝那么多的水,更不该不舍得刚才二十元的停车费。可世上没有后悔药,他只好掏出手机走到一边假装打电话,打算待保安走了,自己立马开车跑掉。可五分钟过去了,老保安不但没走,竟在车前的石墩上坐下了。没法,卢五只好强打精神走过去。老保安见了,急忙站起来,笑着说:"刚才我的话您别在

意呀,老板请您到楼上办公室喝茶呢。"卢五心一紧,淡淡地说:"喝茶就不必了,刚才我联系了一下,暗访记者拍的片子已经通过先进的设备传到电视台了,你们就是把人拦下也晚了。"卢五头一昂,心"怦怦"地跳着坐到了车里。"这,这……"老保安赶忙从兜里掏出一个卡,弯腰递给了卢五。"那就不耽搁你们的时间了,我们老板送你们这个卡,一点小意思,说密码是两个156,也祝你们一路顺。"卢五心里偷偷一乐,板着脸说:"这不行,我们是记者,要对得起良心。""哪里哪里,一点茶水钱嘛。"保安把卡硬塞到卢五手里,竟撒腿跑走了。不知是激动还是害怕,卢五竟然打了几次火才把车发动起来,猛踩油门,眨眼就不见了踪影。

没多久,那家休闲洗浴中心竟真的被有关部门查封了。查封那天,很多人见老板在大厅前跳着脚骂娘,好像是骂电视台记者的心比煤块都黑呢。

老照片

二奶奶临终前把一个精致的绸缎小包交给大林,说是传家宝,一定要替她保存好。二奶奶断断续续说了好几次,才总算闭了眼。

包里是一些发黄的照片和一些用油纸裹着的底片。其中一张是小伙和姑娘的合影,两个人相依着站在一条小河边,后面是连绵的群山,很富诗意。从照片背面的字迹看,这个小伙应该是二爷爷,姑娘是二奶奶。大林从小就听爷爷说过,二爷爷在法国留过学,一次去省城见自己私订终身的女同学,两个人刚在街头碰面,就遇到了鬼子屠城,他冒死用随身带的相机拍下了一些血腥的场面。不幸的是,二爷爷被流弹击中,咽气前把相机交给女同学,嘱咐她快跑,一定要把照片留下来,到时揭露日本鬼子的罪行。几天后,屠城停下来,女同学领人来给二爷爷收尸,却发现满大街的尸体高度腐烂,根本无法辨认了。她悲痛欲绝,带着相机只身回到二爷爷的家乡,以妻子的身份住了下来。一住就是一辈子。

传家宝?大林翻看着一张张泛黄的照片,心里笑了一下。不就是一些鬼子杀人放火的照片吗?场面能吓死人,有啥可传家的呢?

大林在县城一处风景名胜处租了间房卖纪念品,他回来后就把两张老照片镶进了相框,摆在了货柜上。他就想让进门的游客都瞧个稀罕,增加点人气。

这天,几个游客刚踏进大林的门面房,一个精瘦的老头就被货柜上的两张照片吸引了。老头双眼深陷,眼光空洞但透着一股寒气。照片的一张是鬼子兵用刺刀穿透婴儿高高举起的场景,一张是数百位老百姓在鬼子机枪扫射下纷纷毙命的场景。照片尽管泛黄,但立体感很强,一股血腥气扑面而来,让人战栗。老头盯了一阵儿,"叽里呱啦"地叫了几声后,竟举起拐棍朝照片狠劲捅来。大林一时懵了,通过导游才知道老头是日本人,他不允许照片摆在货柜上。大林一撇嘴,说,照片是我的,我愿意怎么摆就怎么摆,你这个日本人也太嚣张了吧!大林边说边扬了扬手里的绸缎包,说我有的是底片,想洗多少张照片都行,我要摆满全中国!老头焦急地打着手势,嘴里也不停地"哇啦"着,大林抱着胳膊,一脸得意地看着他。争吵吸引了更多的游客进来,大家都觉得这

些照片尽管血腥残忍，但画面陌生，应该是稀有照片。

这时，导游竟说，老头想买下这些照片和底片，愿意出价一万元。大林一惊，觉得耳朵听错了，就又问了一遍。导游说，如果你愿意，老先生愿意出一万元买你的这些照片和底片。这下大林满脑子疑惑了，这几张照片即便是金的也不过如此吧，它们难道是古董？老照片很多，市面上不值钱呀。再说照片上无非是些日本鬼子杀中国人的情景，有啥好看呢？大林越想越觉得日本老头应该是得老年痴呆了。

这时，旁边的一个中年人说，不能卖给日本人，这是我们的传家宝，交给政府吧。

交给政府？可谁给我钞票呢？你倒说得轻巧！大林气呼呼地嚷起来。

就在导游把一沓钞票递给大林，让他收拾照片时，中年人突然说了句，我出两万元买了！

导游愣了一下，在老头耳边"哇啦"了几句，然后点了下头，朝大林伸出了五个手指。

五万元？人群里发出一片惊呼。

中年人鄙夷地瞪了导游一眼，朝大林淡淡地说了句，十万元。

此言一出，整个屋子竟死一般静下来，人们心脏"咚咚"的跳动声充斥着耳畔。这小小的屋子刹那间成了一个戏台，台词虽短，却在上演着一场大戏。

终于，导游打破死寂。对大林说，老先生的意思是买卖不是凭嘴，是凭钞票，你卖还是不卖，他愿意再等一个钟头。

中年人见状，没有一丝犹豫，对大林说，给个卡号吧。

不到半个钟头，大林的手机短信提示，卡上多了十万元。

看着日本老头一脸懊恼地离去，中年人哈哈大笑。

几年后，大林在电视上偶然看到了一则新闻。说的是一个人用多年的积蓄从一个老鬼子手里抢下一些侵华日军残忍屠城时的绝版照片和底片，最后全部捐给了国家，为更好地揭露日军的残暴提供了珍贵的资料。画面上的捐献者一脸悲戚，说自己的三位亲人就死在那次的屠城中。这些照片不仅是日军的罪证，也是我们的传家宝，更是催我们上进的一面旗帜……

看着电视上那个熟悉的面容和再熟悉不过的老照片，大林一下子想起了二奶奶托付自己的事儿，脸"唰"地红了。

第三辑 带刺玫瑰

双　赢

日子过得捉襟见肘了,我也坚持每天买个一注两注的彩票碰运气。

终于有一天晚上,我被电视上的一组号码搅得睡不着了,那一组特等奖的号码和我手上的彩票号码一模一样。

天刚亮,我就骑着自行车敲开了彩票销售点的门。老板看了看我的彩票单,又向省城的彩票中心打电话证实后,告诉我的确中大奖了。我当时就懵了,打死也不敢相信自己是身价五百万的富人了。谁知,销售点的老板比我还高兴,他把我拉到里间,悄悄说:"兄弟,今天我再告诉你一个好消息,有人愿意出六百万买你的彩票呢。"

我这次真懵了,说:"那人不是脑袋进水了吧?"

老板脸色一沉:"你就说卖不卖吧,愿卖我现在就跟他联系,到时一手交钱一手交彩票,不卖就啥也别问了。"

我再傻也知道钱多比钱少好,何况多了不少。我赶忙点了点头。可我怎么也弄不明白,买彩票的人到底图个啥呢?老板打了一个电话后,带我去了市内最豪华的一家酒店。

走进房间,我不禁大吃一惊,原来买彩票的竟是我们的局长。我赶忙上前问候,局长握着我的手说:"看着有点儿面熟,你是?"

听局长这么一说,我一愣,随即笑着说:"我不认识你,也许我和你认识的人长得相像吧。"

"嗯,有可能,有可能呀。"局长边说边拍了拍自己的大脑袋。我心想,好你个局长,难道真傻了不成?

这时,卖彩票的老板呵呵一笑,指着局长对我说:"这位是我的朋友,就叫张经理吧。既然咱们坐在了一起,就都是朋友,有些话我就明说了吧。你的彩票中了五百万,扣去百分之二十的个人所得税,你拿到手的也就四百万。张经理愿意出六百万买你的彩票是你们有缘,但你必须明白一件事,中了大奖的永远都是张经理,其余的你啥都不知道。"

这时,局长从包里拿出一张支票递给我,微笑着说:"这是六百万,你放心,随时可以兑换成现金。"

我接过支票,感觉脑子一片空白,都不知道自己是谁了。局长端详着那张特等奖的彩票,突然亲了一口,高兴地说:"我终于有钱了!"

不几天,全局上下都知道局长的彩票中了大奖。再后来,局长就真的阔起来了,置办了几处房产,股票也买了不少,听说在一些朋友的生意上也投了不少资。反正是"鸡生蛋,蛋生鸡",局长的钱是越来越数不清了。

我刚来单位时,就私下听说过局长的一些秘密。那时局长年轻,还是一般人员时,就传他的漂亮媳妇和局长有奸情,可他就是不信,还跺着脚骂别人造谣,歪曲了局长形象。单位里的人背后都笑他傻,说搭上老婆不算,还替奸夫说话,真是傻到家了。直到几年后局长高调成了副市长、市长,他稳稳坐上了局长宝座时,那些说他傻的人才暗暗吃了一惊。

现在,我老远瞅着风光的局长,想想当时他买那张彩票时的情形,不禁暗暗问自己:傻局长傻吗?

路边倒了一棵柳

夜里一场大风把乡路上的一棵垂柳刮倒了。这条乡路贯穿卢村,两旁是清一色的垂柳,平日里枝条垂眉,柳眼含笑,为卢村增色不少。

最先发现倒树的是村里的丁山,他早起跑步,就被路面上的垂柳挡住了,丁山过去搬了几次也没搬动。他围着树看了看,见树干粗壮,虽然倒了,但裸露的树根还扎在地里,就掏出手机给村委会主任老卢打了电话。

丁山说,村头的乡路上倒了一棵垂柳,你过来看看,咱找几个人把它扶起来栽上吧。

老卢过来时,眼角还挂着眼屎,他用手箍了箍垂柳的树干,说,这树都赶上大姑娘的腰粗了,得多少人才能扶起来啊,说得轻巧。

丁山说,咱先试试,实在不行我去喊堂弟把他的铲车开来。

老卢说,你这个丁山,真是个死心眼,瞎读了这么些年书。他的铲车能白用?村里可没闲钱开支这个。

那怎么办呢?丁山没招了。

丁山高考落榜刚回村里,正巧村里换届,小伙子聪明勤快,大伙儿就嚷嚷着选他当了会计。

怎么办?卖给木材贩子,轻省。老卢咧嘴一笑,满脸的雀斑就挤在了一块。

这么好的一棵树，砍了卖木材，太可惜了，我还是回去喊些人扶起来吧。

老卢黑着脸，说你这孩子太任性了，这树没有十个八个人是弄不起来的，忙活半天，村里要付工资吧，一人五十元，那就是四五百元呀。再说了，扶起的树要是加固不好，再碰上大风刮倒了，砸伤了人谁负责？

丁山一时语塞，支支吾吾地说，要不给乡里打个电话请示一下吧，砍了可惜，毕竟是棵大树呢。

这点儿屁事也请示，不是净给领导添堵吗？先把树砍了，抽空我汇报！老卢语气一下重了起来。

老卢打完电话不久，树贩子老贾就开着三轮车拉着两个干活的来了。老卢和老贾很熟，前些日子，村里处理了不少沟边路沿的大树，就是老贾来伐的。那些树是大集体时老书记亲自领着村民栽下的，高大挺拔，曾是村里的一景。当时正值雨季，村小学教室漏雨，校长天天找老卢要求维修。为了筹措资金，老卢就把树卖给老贾了，可都秋天了也没见教室维修，倒是老卢家添置了一辆崭新的摩托车，晃得满村人眼疼。

车刚停稳，老贾就指着车厢里的一箱酒对老卢说，女婿给了一箱好酒，还没开封呢，我对酒没兴趣，你替我喝了吧。老卢扫了一眼酒箱上的商标，咧嘴笑了。他说，先谈正事，这树给个价。老贾过去蹬了树一脚，说，这东西材质差，也就打成木浆造纸用，顶多五十元。老贾递给老卢一支烟，给他点了，又说，这棵破树除去伐树的工钱，剩不下下几块钱的利了。要不是你想着快点儿把路疏通了，给老少爷们行方便，我才不来呢。

老卢脸上漾着笑，一挥手说，可不，那就干吧。

等两个伐树的干完活，丁山又帮着把树装上车，老卢和老贾蹲在一旁还没嘀咕完。

太阳老高了。老贾说,大伙儿饿了吧,我请客,去镇上的"好媳妇"水饺馆。

丁山刚要推辞,老卢的脸就黑了。等丁山回家骑着摩托载着老卢赶到水饺馆时,饺子已经上桌了,还有一瓶好酒和几个小菜。老贾说,大早晨的将就吃点吧,我和老卢喝一壶。等一瓶酒见了底,老卢和老贾的脸上就越发红了,老贾说话也结巴起来。结账时老贾顺便拿了两条烟给了老卢,他说,卢,卢主任,你们村的那片,那片小树林过几天让我伐吧,保,保准亏不了你。老卢伸了下懒腰,没言语。老贾又说,我,我得走了,那个吴木匠还急等着这棵柳树做菜墩和面板呢,没有五百块不,不给他!

瞅着老贾走远了,老卢对丁山说,去老板娘那儿要张收据,你填填,就写今早的歪柳把卢老五家的大奶羊砸死了,村里赔了五百元,卢老五的名字和手印你弄上就行。丁山满脸疑惑,老卢嘿嘿一笑,压低了嗓音说,你把我的烟捎上一条,带了收据去镇上的财政所找管咱村财务的老刘,先把这个报出来,多少有你一份,咱俩不能白搭工啊。

当丁山极不情愿地找到老刘,把烟和收据递给他时,他嘴巴一咧,笑了。老刘说,你们这个村真是邪门,仅今年意外死亡的牲畜也有五六头了吧。

丁山一愣,张了张嘴,把话又咽下去了。

丁山揣着报出的五百元钱刚走到镇政府门口,就被林业站的郭站长拦住了。他说,小丁,镇里刚从外地进了一批垂柳要补栽你们村边的乡路,你回去和老卢说一声,让村里多出几个劳力帮帮忙,道路旁的绿化弄美了,你们村不也美吗。

丁山赶忙答应着,刚走了两步,突然回头问了句,刚买的垂柳

贵吗？

当然贵，都大姑娘腰粗的树了，八百元一棵呢。

八百元？丁山吃了一惊，一下子就想起了那棵刚卖了五十元的歪柳和收据上那头惨死的老奶羊。他觉得满脑子乱糟糟的，自己连这些简单的事情都理不清，还当啥会计呢！

政　绩

张镇长刚调来不久，就让司机拉着他跑遍了镇上的大街小巷。他想尽快改变一下镇区的面貌，出点儿政绩。通过考察，他觉得镇区的几条主干道是镇政府的脸面，特别是干道旁的绿化更是脸面的脸面。他就想把绿化带重新换一下，栽成其他的树木，让人换换视觉，感受一下不同植物的风采。

张镇长刚把想法说了，秘书小王就把他拉到了一边。悄声说："这个不妥吧？"

"为啥？"张镇长不解。

小王低声说："这些干道旁的法桐是上任镇长刚换的，还不到一年呢，据说价格不菲。而栽这批法桐前全是清一色的垂柳，都碗口粗，挺好的一道风景。听说垂柳以前好像是从外地引进的大棵玉兰，开花时节，满镇子都是浓浓的香味呢。反正，我来镇上上班五年就见绿化树换了三茬了。"

张镇长"哦"了一声，就再也没提绿化树的事儿。

不多久，张镇长又让司机拉着自己到辖区的几十个村庄转了转。

几天后，全镇就掀起了一股"伐树热"，每个村庄周围的湾边沟沿的树木一律砍光，就连数十年的大树也在劫难逃。就在广大村民满怀疑惑时，却看到了市报的一篇报道：……××镇村民在党委政府的积极倡导下，大力铲除荆棘荒草，把数十年闲置的大沟土湾填平复垦，变废为宝，开辟出了新耕地2000多亩，为广大群众的增产增收打下了坚实的基础……

几年后，那些被砍光了树木的湾边沟沿真的就荆棘丛生了。每逢雨季，到处被冲刷得满目疮痍，村庄也失去了昔日的田园之美。

张镇长终因"改造"有功，升迁他处，又调来个李镇长。李镇长也是多学之才，不甘落后，也对辖区的村庄进行了及时"改造"。

不多久，忙得晕头转向的村民又从报上看到了一篇报道：……××镇村民在党委政府的积极倡导下，大力清除村子周围沟边湾沿的荆棘荒草，变废为宝，重新栽植了一批树木，为美化群众生活环境，建设社会主义新农村打下了坚实的基础……

钓鱼记

卢七说啥也没想到蔡局长家的门一敲就开了。他屁股刚挨上沙发，就当着局长夫人面把一张五千元的购物卡放到了茶几上。局长夫人一笑，边给卢七倒水，边朝里间喊了声："老蔡，来

客人了。"这当儿,卢七在心里很放荡地笑了,心想,都说局长清正廉洁,看来是徒有虚名,这年月哪有不知银子好使的呀。

　　局长出来时,手里竟拿了一根鱼竿。他向卢七点了点头,笑着说:"你坐着,我边钓鱼边陪你聊天。"钓鱼?卢七大感不解,在客厅钓什么鱼呀?随着局长坐定,他才看清客厅的一角摆了一个硕大的玻璃鱼缸,缸里也没水草啥的,就养着一些普普通通的鲫鱼。局长说:"我小时候最好钓鱼,村子旁的小河和池塘里我都钓遍了。这些年闲暇时间少了,就在家弄个鱼缸偶尔过过钓鱼瘾。"说着,局长把鱼饵挂好,钓线入缸。一会儿,鱼就围拢过来,在鱼饵旁一个劲地观望。这时,一条大个的鲫鱼猛冲过来,把小鱼驱散开,在饵旁左看右看,上下游动,满眼的贪婪和欲望。看着局长持杆的专注和淡定,卢七也屏住了呼吸,两眼死死盯着鱼缸。终于,大鲫鱼昂着头,摆了摆尾巴,还是张口扑向了香喷喷的鱼饵。局长双臂一抬,大鲫鱼就悬在了半空。卢七见了,忙伸手帮着去捉鱼,局长摆了摆手,一笑,把鱼从钓钩上取下又扔回了缸里。局长说:"自当局长以来,常有人用'饵'来'钓'我,稍有不慎,便入万劫不复之渊。想想小时候钓到的那些鱼,煎炸煮烤任我摆布,其实那些鱼就为了一点饵料,真的很悲哀。这事对我感触很深,就专门弄了这个鱼缸,没事钓着玩,其实是时时自省,千万不能有丝毫的贪欲呀。"

　　卢七听了,无言以对。局长把购物卡塞到卢七手里,又拍了拍他的肩膀,说:"抱歉,我该送客了。"

　　卢七出来时,满脑子不解,这年头还真有奇事呀!

检　查

两天后,方市长要来小镇检查指导畜牧小区。

小镇乃贫困偏远乡镇,一年之内市领导难得过来一趟。消息传来,镇领导自是谨慎万分。因为检查结果的优劣,直接关系着该镇的脸面问题。于是,领导召开会议商量对策。

一把手说:小区内的道路要重上一遍沙。

二把手说:小区内的杂草要一棵不留。

三把手说:小区内的农民要穿戴新潮,给领导一种都市农民的感觉。

四把手说:小区内的农民要学习几句外语,让领导知道这是一支敢于走出国门的养殖队伍。

……

建议一条比一条有新意。

建议一条一条也都做了落实。

最后,为了方市长的"坐骑"免受尘染,镇中学休学半天,近千名师生担水推浆,清扫路面。小镇处处红旗招展,蔚为壮观。

总之,两天之内,全镇上下干得热火朝天,小区旧貌终于换了新颜。

方市长果然不负众望,一大早,率众驱车直奔小区。待镇领导手忙脚乱前来迎接,车队早在小区兜了个圈子,检查已近尾声。稍作休息时,镇领导心情忐忑,与方市长握手话别。

就在镇领导静候市里对小区的评价时,方市长因受贿"东窗事发",撤职查办。司机小王也受其牵连,下调小镇工作。一日,领导与其闲谈,话题便转到了那次检查上,问方市长当时对小区面貌的印象如何。

小王说:那日检查,适逢晚上方市长在舞厅泡了大半夜,故车子未到小区,他就睡着了。车子进了镇政府,我才把他喊醒,小区啥模样,他咋知道?

镇领导听了,面面相觑,一时无语。

爸爸是傻瓜

一天晚上,有个人给我家推来了一辆摩托车。他说,镇长,我家有急事用钱,这辆旧车你买了吧,就算帮帮我的忙。爸爸笑了笑,拿出一千元给了那人,那人千恩万谢地走了。

妈妈看着摩托车,说车是新的,里程表还没跑数呢,我同事也买了一辆这牌子的,五千多元呢。

爸爸听了,没言语。

又一天晚上,又来了一个人,他瞅着摩托车说,我儿子要结婚,非要买辆好摩托车,可市场上紧俏啊,镇长就割爱转给我吧,这个忙我一家人不会忘的。他丢下八千元,千恩万谢地把车推走了。

再后来,爸爸的官越做越大,可他依然喜欢买人家卖给他的旧东西,什么轿车、字画,还有楼房。奇怪的是,爸爸买的东西总是很抢手,很快就被人买走了,价格还不错。

我打心眼里佩服爸爸,他的眼力都赶上电视上那些鉴宝的专家了。

可有一天,爸爸被几个穿制服的人带走了。

再见到他,是在电视上。爸爸竟戴上了手铐,听一个穿制服的叔叔大声宣读他犯了哪些罪。他低着头,一声不吭。

我忍不住说,爸爸是傻瓜,他不就是帮忙买了人家一些旧东西,又帮忙卖给人家了吗?他又没干坏事,为啥不向那个叔叔争辩呢?

妈妈抹了一把眼泪说,争辩?你爸爸这次是真傻了,那些"旧东西"沾了他一身灰尘,他洗不掉了。

生　日

父亲离休后,竟恋上了网上的一个老年论坛,在那里可以拉家常,谈往事,他很高兴。

父亲是个老领导,在位时还算清廉。我那时在工厂当工人,父亲很容易就能把我弄到机关工作,可他不干,说会让人戳一辈子脊梁骨。后来我下岗了,他手下不少人都争着想给我谋份好工作,可他还是不同意,让我凭能力竞聘上岗,真是气死人。

他生日那天,当他知道只订了两桌酒席时大发脾气,说往年都是十几桌,过会儿自己的老部下来了怎么办?我说您放心吧,人多了自然会加桌上菜的。可直到开席,来祝寿的也没坐满两

桌，这让父亲多少有些失落。

回到家后，我说您在位这么些年，会上讲清廉，会下搞廉洁，没有人在您手里捞过好处，也许大家对您有意见呢。父亲听了，没言语，就去桌前打开了电脑。我又说，以前过生日大家来捧场，就因为你是领导。他们来了，随个礼，乐和一下也是应该的，可事后您非让我把礼挨个退回去，弄得大家挺尴尬的。再说秘书小张吧，跟了您这么些年，指望您离前提一把，可……话没说完，父亲就朝我摆了下手。他指着屏幕突然说，快来看呀。我忙凑过身去，父亲高兴地说，你看，网友们专门制了个帖子，给我过生日呢，那么些人都说我是好人，祝我生日快乐呢。

父亲一遍遍地说着，眼角竟湿了。

寻找残疾人

小何骑着自行车赶到卢村时，太阳已经一竿子高了。

小何是镇民政所新来的一名助理员，这次来卢村是送温暖的。卢村有两个残疾人，每年的补助金，都是所里打电话，让村委会主任老卢去代领。今年县里发了文，要求所里给残疾户额外补贴一千元，再帮着物色一个小项目，让他们自力更生，但每村名额只有一个。小何这次来就是帮着老卢挑个最穷的残疾户，把补贴金交给他，再帮着想个金点子。

小何打听着走进村委会主任的家门时，老卢正坐在天井里剔牙。小何一介绍，他忙站起来，紧紧握着小何的手，脸上笑开了花。

小何抹了一把额上的汗水,就把所里的意思说了。老卢听了,手在衣服上擦了擦,笑着说,还是老规矩,你们给钱,我代收,我这就去打收条。

小何愣了一下说,这不合适吧。要不你先领我去卢大贵和张山家瞧瞧吧。卢大贵和张山是卢村的残疾人。来之前,小何专门找会计查了一下底子,他俩一个出车祸丢了一条胳膊,一个儿时患了婴儿瘫,行走极不方便。两个家庭都是贫困户。

老卢听了,露出满脸的难色。哎呀,何助理,这鬼地方出门就爬坡,要走到卢大贵和张山家,可费大力气了。这样吧,你刚跑了那么远的路,就在家歇会儿,我去喊他俩过来,你随便问。

小何犹豫了一下,答应了。

过了老半天,老卢回来了,身后跟着一胖一瘦两个年轻的媳妇。

卢大贵和张山呢?小何问。

老卢说,真不凑巧,他俩进城了,估计天黑才回来。就把他们的那口子给你弄来了,有啥话,尽管问。

小何就把这次来的意思说了一遍。然后对两个女人说,你们把家里的经济情况真实地讲一讲,最后由我和老卢商定一个名额。听完了小何的话,两个女人你看看我,我瞅瞅你,竟哑巴了。

小何说,别不好意思,穷也不是什么丢人的事,只要勤劳,用不了几年日子就会好起来的。

话音刚落,胖女人就站了起来,她朝小何和老卢笑了笑。要不,这个名额就给俺家吧,张山兄弟家的条件比俺强多了。

瘦女人听了,一下抹了脸,也"腾"地站了起来。凭啥给你家?你家比俺家强多了!

你家好！

你家好！

……

两个女人一改刚才的和睦，简直是针尖对麦芒，吵起来了。

这个局面是小何和老卢谁也没有料到的。小何打了几次圆场也没奏效，便推了推老卢。老卢黑着脸，说：吵啥？没教养的东西！

此时的两个女人，精神抖擞，早就吵红了眼。

你家的彩电是29寸的，俺家有吗？

可你家有冰箱，俺家就没有！

你家是新盖的五间大瓦房，可俺家才四间！

……

胖女人边说边气呼呼地去拉老卢，你表个态啊，是不是她家好？

瘦女人也不甘示弱，抹了一把嘴角上的唾沫，就去拖小何。走，到俺家瞧瞧，是不是俺家穷！

老卢黑着脸，气得胸膛一鼓一鼓的，啥也说不出。

你家就是富！你男人光相好的还好几个呢，俺家那口子就没有！

两个女人的战争还在升级。

你放屁！反正俺家穷。

俺家穷！

……

此时的两个女人，像极了两条疯狗，撕咬起来。霎时，叫骂声把小院子充斥得满满当当。

此时，院子里站满了看热闹的人。等人们明白了两个女人争斗的原因，都哄的一下笑了，说，太过瘾了，有些年头没看到这么精彩的大戏了。

小何站在人群里，听着两个女人经济情况的真实"汇报"，一时懵了，就拉了旁边的几个老乡打听情况。老乡说，你问的卢大贵和张山，一会儿就该出场了。他们的老婆平日里就不是省油的灯，这次可给他们丢大脸了。

小何有些不解，他俩不是进城了吗？

进城？刚才还和我们一起玩扑克呢。

几个老乡打了几声呵呵，又说，卢大贵是村委会主任的侄子，张山是村委会主任的外甥，两个人不仅身体没有残疾，而且小日子也过得挺滋润。

小何彻底懵了。那么说，卢大贵和张山白白冒领了国家这么些年的补助金？

那咱老百姓不清楚。要说残疾人，俺卢村还真有一个，叫大刘。几年前，他从车轮下救起了一名小学生，自己的一条腿却没了……

小何呆了。他觉得自己成了一只街头上卖艺的猴子，而那个耍猴的人正是村委会主任老卢。他摸了摸口袋里的一千元钱，又看了一眼两个斗疯了的女人，暗自笑了。就这点儿钱，也值一条人命？

小何拍了下脑袋，径直走到大门口，看也没看村委会主任一眼，就骑上自行车，向县城去了。

他要找民政局局长汇报情况，弄不好，县长大人也要见一见了。

书法家

高飞当局长时才三十几岁，小伙子雷厉风行，干啥都赢来大家的一片叫好。工作之余，高飞就喜欢挥毫习字，虽笔力不济，但局里的一些中层却喜欢得要命，有请客索字的，有用名画交换的，更有花大价钱替朋友买的。起初高飞不肯，觉得自己的字没那么昂贵，可经不住局里局外那些懂字的大力推崇，也就觉得好了。

没几年，高飞受了一些事情的牵连，降为副职。清闲至极，他就一个劲地练书法，久而久之，功力提高不少。这期间，来买字和换字的明显少了。偶有来的，也是要高飞帮着向局长递个话或办点儿事，可高飞每每碰了钉子，才明白自己已经"青山不再"了。每天一杯清茶一张报，空里再练练字，这几乎成了高飞办公的全部内容。政绩是上不去了，业余书法的水平却一年一个台阶，他加入了市里的书协，成了一个地地道道的书法家。

眨眼，高飞就退休了。一次，他去装裱店取了几幅自己得意的作品，在路上恰巧碰到了当年的老部下。这人当年最崇拜自己的书法了，高飞很高兴，就顺手送了他一幅。他接过来，看也没看，寒暄了几句，就开车走了。车子开出一段后停下了，高飞清楚地看到一个轴状的物件从车里抛进了路边的垃圾箱。

高飞心一沉，他不明白这个当年发疯似的喜欢自己书法的人是咋了。哦，想起来了，人家现在也是局长了。

能人卢振起

卢村这次的村委会换届大选，卢振起竟以高票当选村委会主任。结果一公布，卢振起很意外，摆着手一个劲地说我不行。他越说不行，大伙就越鼓掌，几个和他不错的哥儿们就笑着冲他嚷：振起，你一个爷们咋就不行了呢？你说咋不行？卢振起脸窘得通红，见大伙掌声不断，又都一脸的真诚，就改口说，我行，我行。

卢振起年轻，在卢村算个小人物，平日里不打牌不喝酒，喜欢在责任田里搞实验，年年种些高新科技的蔬菜和瓜果。闲下来就读"闲书"，文学的、历史的，当然最多的是科技方面的。他在地里捣鼓了几年，村里人见他没盖楼房也没买小汽车，认定他根本没发财，看来钻研高科技是白忙活了。

突然有一天，县电视台来了几个记者找到他采访了好一阵，人们才知道，这些年卢振起一直默默赞助着山里的好几个贫困学生，并在前几年县里的一次赈灾募捐中捐了五千元。消息传出，全村人振奋不已，觉得卢振起真了不起，善心义举，给村子增色不少。这次村委会大选，村里人一合计，觉得卢振起无私又好学，一定能领着村民往好处奔，就都投了他的票。

卢振起新官上任，一村人都瞅着他的"三把火"呢，可他竟和妻子在村子周围的沟边湾沿捡拾丢弃的废旧方便袋，这让村里人大为失望。村后有一条小河，当年水清见底，是小鱼小虾们的乐园。河两岸更是芳草萋萋，小鸟啾啾。可如今，河面上、村周围到

处是花花绿绿的方便袋,风一吹,那些挂在枝杈上的就随风招展,像一面面五色的小旗子。方便袋很轻,价格又极低,那些拾荒的都绕着走。久而久之,塑料袋的污染就成了卢村一"景"。

看到卢振起夫妻俩很卖力地捡破烂,村里就有人忍不住打听。卢振起说,我一个同学在济南的一家公司当经理,他公司高价收购这种塑料袋,十元钱一斤呢,你们要是感兴趣也捡拾吧,我可以先代收,到时攒多了公司就有车来拉。大伙听了暗里一合计,这遍地的烂袋子一个人一天很轻松也能捡一二十斤,赚钱不少呢。这年头谁和钱过不去呀。消息一传再传,村里的不少人就加入了拾烂塑料袋的队伍中。等卢振起的大门外堆起了一座"垃圾山",村子周围连同河面上的方便袋已经捡得干干净净了。看着村里人喜滋滋地点着手里的钞票,卢振起说,趁公司拉货的车还没来,这几天咱们再合伙干一件利在千秋的事儿。我从县苗木公司订购了一批绿化苗木,咱们把村里村外的闲置地和小河岸边都栽上,搞得美美的,像个大公园。有人又问了,村子是美了,还有别的好处吗?卢振起哈哈一笑,说,当然了,村子美了,外村的大姑娘就争着抢咱村的小伙了。说不定外地的大老板见咱村环境优美也要来投资办厂,到时你们不出村就能上班挣城里人一样的工资呢。关键是这批苗木栽上永远是村集体的,每个村民都有一份,谁也不能侵占。卢振起刚说完,就赢来了村民的一片欢呼。几卡车苗木栽完,村子就变了大样。错落有致的苗木搭配着别出心裁的绿化图案,到处绿油油的,一片盎然的生机。村民们脸上漾着笑,夸张地用鼻子嗅了又嗅,连声说新鲜新鲜,这空气真是新鲜呀。

卢振起门前的"垃圾山"要拉走了,来的却是镇上收废品的范大头。村人吃惊,范大头可是个刑满释放人员呀,卢振起咋和他勾搭上了？装上车,范大头握着卢振起的手,动情地说,真是谢谢你了,这几年没少让你为我操心,这次再送我这些废品,我,我啥也不说了,只有好好做人吧。

看着聚来看热闹的村民,卢振起大声说,承蒙乡亲们厚爱让我干村委会主任,我只有尽力而为。都说"新官上任三把火",我的"三把火"到今天也已经烧起来了。

烧起来了？村人满脸的疑惑。

对。卢振起接着说,第一把火让咱村的垃圾不见了,第二把火让咱村像个公园了。对了,村里马上要添置一些垃圾箱,以后谁家的垃圾也不能到处乱倒了。大家只有把村子当成自己的家,悉心呵护,村子才更美,才能真正成为一个绿色环保的家园。

有人又大声嚷起来:那第三把火呢？

卢振起微微一笑,说,实不相瞒,我这几年花费了大量时间在实验一种无公害西瓜,皮薄超甜,已经成功了,并和北京上海几家大超市正在洽谈供货的事宜。从今天起,我的西瓜种植经验和销售渠道都无偿提供给大家,希望我们一起致富。这就是我的第三把火。当然,以后我们一起努力,还会有更多的"火"烧起来。

一时间群情激奋。有不少人欢呼起来:好呀,卢振起真行！

馨 香

他病入膏肓,已经卧床一个月了。一个月里,妻子一刻也没离开他,除了伺候他的饮食起居,更多的时间是和他聊天。

妻子喜欢和他聊些多年前的往事。从两人谈恋爱聊到儿子出生时的快乐时光，再聊他在乡税务所上班时的点点滴滴。他静静地听着，很少说话，时不时地咧嘴一笑。妻子性格豁达，更是个能吃苦受累的人。可劳累了大半辈子，除了儿子呼啦啦地长大外，家里的一切几十年来几乎没变。房子还是乡下结婚时的房子，屋里的摆设就只多了一台21寸的彩电。妻子想起这些心里就有些堵，可看看躺在床上瘦弱的丈夫，心里就释然了。一个人眨眼间就完成了自己的一生，就是拥有金山银山又有啥用呢？她扭头看了看床头书柜里丈夫的一大沓证书，红彤彤的，眼睛就湿润了。

丈夫是个税官，干到乡税务所长的位子就病倒了。其实，她知道丈夫是累倒的。最初谈恋爱时他还是税务所的一个临时工，每天骑着自行车去集市上收税。酷暑严寒天天如此，还经常为块儿八毛的税费被人指着鼻子骂。他不急也不恼，总是耐着性子给人解释，说国家的税取之于民，用之于民，我们要积极响应国家的政策，国家才能富强。听的人就骂得更欢了，说，真是个神经病，国家是你爹呀？再往后，儿子出生时，他被破格转正了，工作也做了相应的调整。从此，他的工作热情更加高涨了，每天早出晚归，连节假日也很少休息。起初妻子很高兴，觉得丈夫这么能干，小日子一定会红红火火的。可每月他拿回家的工资总是不多，除了日常开销，就基本月月光了。看着营养不良的儿子，她一咬牙，在责任田里留了一小块种上了时令蔬菜。菜收获的时候，也是她最劳累的时候，天不亮就推着小车去集市上卖菜。小车一边的菜筐里是新鲜的蔬菜，另一边的菜筐里是熟睡的儿子，等日上三竿菜卖完时，儿子也醒了。想想那时的情景，她忍不住想笑，觉得生活太有意思了。她就轻轻地对丈夫说，我又想起我卖菜时的事儿了,如果时光能倒转,我真的希望我还去卖菜贴补家用。那时我们多么年轻,你的身体多棒呀。丈夫的嘴巴动了一下,两眼霎时亮了起来。她接着说,直到临近春节,电视台的记者找上门来,我才知道你的工资有一半都捐给了山区一个孤寡老人和几个失学儿童。哎,你这个大傻瓜!自己的日子还紧巴,你咋光想着人家呢?妻子说着,用手指轻轻戳了一下他的额头,竟笑了。

月光如水,透过窗棂缓缓地流淌在窄窄的房间里,很祥和。她半躺在丈夫身边,还在和他絮叨着。你一年年成了所里的先进,咱家的日子就再也没有起色了。儿子那时读初中,正需要营养和功课辅导的时候你却不闻不问,一门心思下乡村、进工厂宣传税收政策,人家听得都腻烦了,你却成瘾了。你说,儿子重要还是税收重要呀?你还记得那年春节的晚上吧?嘿嘿,咱家大门上被人画了两只戴着税帽的狗。你看见后,笑着说,咱心里无愧,做国家的一只税狗有啥不好呢?再说,这两只狗多像咱家的门神呀,就让它们在上面守着吧。妻子又对满脸笑意的丈夫说,那次你的大度和幽默把儿子都逗乐了,我看了却有点心酸,儿子太缺少笑了。再往后,你干所长了,没想到竟惹怒了那么多的人。亲戚朋友找上门来,不就是为了省点儿税费吗?这个多点少点还不是你一句话的事儿?可你就是不肯,总说按规定办,要不国家就亏了。弄得亲戚朋友既尴尬又气恼,谁不说你脑子进水,神经病一个呀!妻子越说声音越大,似乎生气了。

一阵儿沉默后,妻子"哎"了一声,说,单位上给咱分了好房子,你却让给了即将结婚缺房的小刘。这个房子咱以后有钱了可以再买,可儿子高考落榜在家待业,你是完全可以让他去你们单位上班,并且有机会转合同制的,可你总是不肯,说那样人家会戳脊梁骨,人活一辈子就要堂堂正正。是呀,现在我总算理解你了,你之所以天天活得那么快乐，是因为心里无私，光明磊落呀……

天亮了，妻子给他掖被子时，却发现他走了。他面带微笑，没有一丝痛苦和愧疚。

她呆愣愣地望了他很久，突然哭了，泪珠子顺着粗糙的皮肤滚落下来。

出殡那天，她做梦也没想到，县里的领导来了，单位的职工来了，那几个他赞助的失学孩子也来了。当年的孩子也都成了孩子的父亲了，他们跪倒在地，哭喊着"爸爸"。给他送行的乡亲们更是挤满了街口，人们一直送到墓地，给他修了个大大的坟包，上面还洒满了盛开的野花，散发着阵阵馨香。

后　怕

警车再次开进局办工厂的大院时，卢二笑了。他心里说，厂长，你贪污腐败了这些年，总算遭到报应了。

可等了好久，也没见厂长被押走，自己却被厂办的人带到了警察面前。原来，厂财务室报案，说丢了两万元钱，而发案时间里只有卢二进去过。卢二极力辩解，说，我是去了一趟财务室，可那是主任让我进去喊一下会计的。进去时里面没人，财务室的抽屉半开着，自己就立马出来了，丢没丢钱与我何干呢？卢二辩解归辩解，可是没有用，最后警察还是从他挂在车间角落的工作服里找到了两万元钱。卢二顿时哑口，被带走时，一蹦一跳地喊着"冤枉"，说自己被人栽赃陷害了。厂长听了，嘴角掠过一丝冷笑,心里说,卢二呀卢二,你不是天天告我吗?写检举信,打电话,这次我让你去监狱里告!很快又传来消息,警察在卢二乡下的小院里又搜出了不少东西,据说都是前些日子厂里丢失的。卢二仍旧不肯承认,但毕竟人赃俱获,最后判了五年徒刑。

  卢二刑满释放时,厂长也退休了。退休后的厂长心事重重,没有丝毫的安逸和舒适,他天天担心卢二会找上门来报复。可等了一天又一天,卢二却一直没有露面。厂长不解,卢二判刑后就被厂里除名了,他妻子拉扯着一个孩子过得也很艰辛,卢二能不恨自己?都说海水越平静,就越可能酝酿着一场大风浪,厂长越想越怕,过了两年,竟一病不起了。厂长觉着自己的大限将至,一天,他把儿子叫到跟前,说,你去找找卢二吧,替我给他道个歉,再补偿他一笔钱,我死了也就心安了。当年他偷盗的那些事儿,都是我安排人给他栽的赃呀。

  儿子费了好大劲,终于在乡下打听到了卢二的消息。厂长听完儿子的回话,头一歪就呜呼了。原来,卢二出狱后没几天就突发心脏病去世了。

神　医

  有一次,我去市里的 A 局办事,意外碰上了老同学大吴。几年不见,这小子依然高大魁梧,只是肩膀偏了,一边高一边低,虽不严重,但看起来很别扭。我和他开玩笑说:"你小子进了大衙门当了官儿,膀子歪了,头也抬得高了,是不是不认得哥们了?"

大吴尴尬地一笑,说:"哪能呢,工作压力大,时间一长膀子就这样了,去医院瞧过,没治了。"我走到半路,突然想起了大吴局里的局长,他的膀子也是有点儿偏,一边高一边低,就觉得这世界太奇妙了,连个膀子竟也有长得如此相像。

又过了一年,我再去 A 局办事,竟听说大吴当上科长了,就去他的办公室讨茶喝。大吴坐在办公桌后,左手握笔正在写东西。见我进来,忙站起来握手寒暄。我惊奇地发现,他的肩膀不偏了,两边一样齐,西装革履的很精神。见我两眼盯着他的肩膀,大吴呵呵地一笑,说:"真是奇迹,医院治不好的病,竟自己好了。"我也笑着说:"怪了,看来你小子是神医。"

后来,在一次出差的火车上,偶然碰到了一位在 A 局上班的旅伴。我问起大吴的肩膀,他说:"不清楚,反正老局长一退休,他的肩膀就平了。这次新局长上任,是个左撇子,吴科长就天天用左手写字了。"

我一惊,心想,大吴果然是神医,挺会把脉的。

现场直播

这几天,卢村的主任卢二被乡长的一个电话弄蔫了。乡长说,县里要在咱乡开一个荒山植树观摩会,乡里决定就在你们村,到时县上的领导会来不少,你要把领导现场植树的一切工作准备好,电视台全程拍摄,要是搞砸了,我免你的职!

卢二放下电话,就硬着头皮忙活起来。先是挨家挨户动员出工植树,可磨破了嘴皮也没人买账。村民说,乡里年年植树,不就是给领导挣政绩吗？电视上一放，领导一笑，说不定哪天就调走了。可满山的树苗谁去浇水管理呀，过不多久还不是都死了！年年植树不见树，这不是让老百姓瞎折腾吗？卢二点头称是，说，无论怎样，咱还是要听领导的话。这次不让大伙白忙活，村里出劳务费，大伙权当帮帮我的忙吧。好说歹说，植树观摩会这天，村民总算来了不少，在一座大荒山下摆开了阵势，大红的欢迎横幅把荒山映照得生机盎然。镇上也早早拉来了几卡车树苗，就等县里的领导前来发号施令了。

县里的领导到来时已日上三竿，但还是大讲了植树的重要性，植树是一件造福子孙的大事，要把植树的良好习惯一代代发扬光大。讲完话，鼓完掌，领导又指着远处的一座山说，记得二十年前我在咱们乡任职时就在那里植过树，现在也该满山青翠了吧。卢二赶忙点头说，那是那是，都快成材了。这时，电视台和报社的记者们把"长枪短炮"对着挖好的树坑再次架好了，领导们才来到了树坑前。卢二一挥手，树苗就被村民放进坑里扶好，领导们便握着放在坑旁的铁锹填土。栽完几棵树后，卢二带头又鼓了好一阵掌。领导的兴致似乎不是很好，他跺了跺脚上的泥土，用双手朝下压了压，没吭声。

乡长赶忙把卢二拉到一边，满脸怒色地说，你怎么搞的？给领导的铁锹居然新旧不一，你们村里就买不起几把铁锹了？更可气的是，连领导戴的手套和鞋套也没准备，领导的手是你的手呀？你给领导的皮鞋擦油呀？我看你脑子是不是被驴踢了？

卢二说，你误会了。如果像你说的那样，清一色的新铁锹，雪白的手套再加上脚上的鞋套，电视上一放，那多假呀，老百姓又说领导搞样子了。这个多真实，真实就是力量呀！

乡长还是不放心，说，我不管怎样，领导不满意就找你算账！

卢二嘿嘿地一笑，说，放心吧，鞋弄脏了不要紧，我给每人准备了一双新皮鞋，村里的土特产也准备妥当了。当然，也少不了你那一份。

乡长一笑，用手拍了拍卢二的肩头。

领导们的车队刚走远，村民们就纷纷围过来向卢二要劳务费。卢二说，既然树苗拉来了，大伙就受点累，今天说啥也要栽上它。至于劳务费嘛，村里没钱，你们就当是帮我的忙，行不行？

村民们哪里肯干，纷纷发牢骚，你们当官的就会糊弄老百姓，不支劳务费我们就去村委大院里赖着，一天三顿饭就去你家吃！

卢二被缠得不行，他摸着脑袋望着远处发愣。突然，他一拍大腿，乐了，说，树坑都挖好了，树苗也在眼前，只要你们加把劲栽好了，村里保证兑现你们的劳务费。

村民们怎么也不相信卢二的嘴会变钱，依然吵吵闹闹。

卢二一指远处的山坡，说那边的树十几年了，也能换钱了，明天我带你们去山那边砍树卖，行不？

第四辑

幽默天空

彩　礼

儿子和小丽谈了三年恋爱,终于可以修成正果了,可临登记时,小丽却张口要了个"五大件"。原以为辛辛苦苦攒钱给儿子买好了楼房,这彩礼槛就迈过去了,没想到难缠的事在这里等着呢。唉,也不知道现在的年轻人是怎么想的,这五大件居然是"五行",金、木、水、火、土。问了儿子才知道,金是金首饰,木是红木家具,水是家用纯净水处理器,火是一整套厨房用具,土是一间接地气的车库。我一听就火了,对儿子说:"你要是个孝顺孩子,就和小丽散了吧,为买房子,我和你妈就差卖血了,再弄这'五大件',不是成心要我们的命吗?"看着儿子一脸忧愁不说话,我心里也不是滋味。儿子二十八岁了,好歹谈上了小丽这么个对象,虽然模样一般,但他俩能合得来我也挺高兴。刚才我说让他俩散伙当然是气话,可临登记了她却杀了这么一招"回马枪",搁谁头上也受不了呀。

过了几天,儿子见我不松口,只好找小丽"谈判"去了。我和妻子为彩礼的事儿聊着聊着就聊到了几十年前。我说:"咱结婚那阵,'三大件'是自行车、手表、缝纫机,有钱的再买台收音机,叫'三转一响',那真是阔得不得了。咱连想都不敢想,啥也没有不也结了婚。唉,才过了十年,'三大件'就成了冰箱、电视、洗衣机,真是蹦着跳着赶时髦呀。"妻子一笑,说:"是呀,又过了十年,彩礼就成'三金一木'了,金项链、金耳环、金戒指,外加一辆'木兰'牌摩托车,当时咱听着只当是瞎闹,可眨眼间搁咱头上就成'金木水火土'了,真是不公平呀。"正聊着,儿子耷拉着脑袋回来了。我估摸着没谈成,就说:"要不你再和小丽谈谈,咱两家都让让步,'五大件'减成'三大件金水火',红木家具和车库以后再慢慢添置。"儿子为难地说:"小丽死活不同意,说彩礼轻了,自己的身价就轻了。要么登记,要么散伙,'五大件'一样不能缺。我悄悄地算了下,车库咱买最小的,其他的都买差点儿的,十万出头就够了。"听儿子的意思十万好像是个小数目,我刚要发火,妻子瞅了我一眼,赶忙插话说:"谁叫咱生的是儿子呢,就是砸锅卖铁咱也愿意。从明天开始我和你爸分头找亲戚朋友去借钱,最多再过几年紧巴日子嘛。"儿子听了,也许想打破沉闷的气氛,就笑着说:"我也不想为难你们,可我这么大了,也想媳妇呀,况且再不结婚,你们去哪里抱孙子呀?"一句话,把我和妻子逗乐了。一想也对呀,赚钱不就是为了孩子吗?啥也别说了,赶紧借钱去!

　　刚要出门,同学老李来了。我说:"真是稀客,一年不见怎么瘦多了?"老李苦笑一下,说:"不瞒老同学,我最近愁死了,是来向你借钱的。"一听借钱,我的汗就下来了。我刚要张嘴说说自己的难处,老李摆了摆了手,说:"你千万别找理由拒绝,我现在死的心都有了。孩子要结婚,可女方狮子大开口,竟要了个'三大件'。"我忙插嘴说:"'三大件'算啥?现在人家的彩礼'五行八卦'都有了。"大李又朝我摆了摆手,继续说:"以前儿子的女朋友老在我面前吹风,说自己闺密的彩礼是用秤称百元大钞,一岁一两。我就早有了准备,她今年25岁,2.5斤大钞不过13万元左右,我还是能拿得出的。可现在她不学闺密了,却要'三大件'。""那好呀,你儿子的女朋友够体谅你的。"我边说边是一脸的羡慕。老李抬手擦了一把额上的细汗,满脸忧愁地说:"体谅?人

家的'三大件'名字起得好,叫'一动不动,万紫千红'。一动是汽车,不动是楼房,万紫是一万张五元人民币,千红当然是一千张百元大钞。唉!就是把我卖了也凑不齐呀,老同学,你说啥也要帮帮忙呀。"

说来也怪,听了老李的话,我刚才一肚子的愁闷竟莫名地消失了。

啥也别解释

星期天,我和妻子在家打扫卫生,快要中午时,门铃响了。开门一看,是乡下的表哥。表哥提着一大袋苹果,笑呵呵地说:"来城里卖苹果,专门给你们留了一点儿尝尝鲜,顺便过来看看你们。"我赶紧把表哥招呼进客厅坐下,又沏了一壶茶。喝茶的工夫,老婆就在厨房里忙活开了。可一会儿,老婆就探头朝我摆了摆手,我忙起身去了厨房。妻子说:"今天忙得没去超市,蔬菜不多了,关键是冰箱里的鱼肉也没了,你赶紧出去买些吧。"我答应了一声,刚要出门,表哥却说话了:"你们两口子嘀咕啥呢?我猜是要出去买东西吧?"我只好如实相告。表哥说:"我又不是外人,有啥吃啥,你要出去买菜我就走。"看着表哥认真的样子,我对妻子说:"那就简单做点儿,吃个便饭吧。"不一会儿,一盘炒鸡蛋,一盘花生米,还有一个紫菜汤就端上了桌,我起身去拿酒,可找遍了房间的角角落落也没找到,不免一脸的尴尬,对表哥说:"你看,酒也刚好没了,真不好意思呀。"表哥一笑,说:"没有正好,我是骑着三轮摩托来的,这城里查酒后开车查得厉害呢,咱直接吃饭。"表哥吃过饭,和我聊了一会就走了。表哥刚走,女儿就回来了,手里还提着一只烧鸡和一瓶好酒。女儿说:"今天休息,本想早赶回来吃午饭的,可路上堵车了。"她把烧鸡用手撕了,盛了满满一大盘,并招呼我们两口子入座。我说:"我们刚吃过了,你自己吃吧。"女儿不让,说一个人吃饭多没意思呀,非让我俩再尝尝老牌烧鸡的味道,还把酒打开,给我倒了满满一杯。为了不辜负女儿的一片心情,我和妻子重又坐下,一家人边吃边聊。

正吃得高兴,门铃又响了。我和妻子抢着去开房门,进来的竟是表哥。他说:"我骑车出去一段路了,突然觉得眼睛被风吹得流泪,才想起头盔落你家了。"说完,他径直走到餐厅,从墙角处拿起了头盔。这时,他的眼光落在了餐桌的烧鸡和散着酒香的酒杯上。表哥说:"兄弟呀,有鸡有酒的,你这生活水平眨眼提高了不少呀。"表哥调侃的一句话,弄得我尴尬死了,就结结巴巴地说:"这鸡,这鸡是女儿刚捎来的,这酒也是。"表哥看了我一眼,笑着说:"兄弟没喝醉吧?侄女在哪里呀?"是呀,在哪里呢?我一看就傻眼了,饭桌上哪有女儿的影子啊。妻子忙说:"她刚刚还在这里吃饭,咋不见了呢?"表哥拍了拍我的肩膀,意味深长地一笑,转身走了。

我和妻子呆呆地站在餐厅里,也忘了送送表哥。这时,女儿突然出现了。我一把抓住她的胳膊,急急地问:"你去哪里了?可把老爸害苦了。"女儿满脸疑惑地说:"怎么,我去了趟卫生间就害你了?"

大美的乡村爱情游戏

前些天,大美在街上偶然碰到了卢村的老同学卢六。卢六头发油光,腆着个大肚子,完全没了前几年杀猪卖肉的样子。聊了几句,更让大美吃惊的是,卢六居然出资和县电视台合办着一档夫妻娱乐节目,他还兼任策划。看着大美满脸的惊奇,卢六拍着肚子说:"这样吧,下个星期天晚上,我郑重地邀请你们夫妻参加节目,也好现场测测你和老公的默契度,看看你们的生活和谐不和谐。"大美连忙摇头,说:"我们是农民,种地可以,要上电视录节目可不行。"大美越是推辞,卢六越是邀请。大美见盛情难却,就答应了。

说起电视台的这档节目,可谓红遍了县城乡村,听说报名的都要排队呢。大美当然也不陌生,曾和丈夫一起看过多期节目,熟悉里面的环环节节。节目看似简单好玩,但大获全胜的却很少,电视台自然赚了不少广告费和报名费。说起卢六,大美就忍不住想笑,当年上初中时和自己同桌两年,学习一直倒数。那时的他居然情窦大开,给自己写过多封错字连篇的情书,把大美恶心得不行。辍学后,听说卢六干了屠夫的行当,怎么突然就成了文化人呢。

到了星期天下午,大美两口子收拾妥当。大美对丈夫说:"咱去露脸是小事,大奖是一定要拿到手的。"叮嘱了丈夫几句话,两人就去了县城。赶到电视台演播厅时,卢六见到大美很是热情,紧紧攥着她的手调侃说:"今晚要是拿不到大奖,可就说明你们夫妻俩要么有人出墙,要么有人出轨了。"大美一笑,说:"放心吧,我俩的乡村爱情是坚不可摧的。"

节目开始了,没有什么新意,和其他省市的此档节目类似,先是主持人对十对夫妻玩"脑筋急转弯",什么一支铅笔两个头,一只半铅笔几个头?还有什么饼不能吃,什么鱼也不能吃?生米做成了熟饭怎么办?等等。弄完这些,又搞了一些测试夫妻默契的小游戏。这些哪能难住大美夫妻,经过几轮淘汰,最后现场留下了大美夫妻和另外两对夫妻。这时,主持人说:"下一个环节叫'摸手识夫君',把女嘉宾的眼睛用布蒙住,再让男嘉宾站混了,还要把手上戴的戒指啥的全都摘了,让女嘉宾摸男嘉宾的手,凭感觉识别自己的丈夫。男嘉宾不准出声,否则淘汰出局。此环节淘汰一对夫妻,剩下的将争夺冠军。"主持人话音刚落,眼上蒙着红布的大美就急着上阵了,她从一边摸过去,摸到第二个人时就不继续了。她死死攥着那人的手,把他拉到了一边。场上突然掌声响起,卢六眼睛也一下瞪得溜圆,心想,好家伙,这大美咋这么厉害呀。看着大美紧紧攥着丈夫的手,把脑袋靠在他肩头的幸福样,卢六突然觉得心里酸溜溜的。过了好一会儿,一个女嘉宾才总算摸准了自己的丈夫。此时,比赛就要进入高潮了。主持人说:"我们还是老规矩,女嘉宾蒙着眼,到男嘉宾面前凭对方的呼吸和身上的气息来辨别自己的丈夫,时间一分钟。还是嘉宾们不能说话,否则淘汰,胜出者就是今晚的冠军,奖金5000元。"主持人说完一摆手,做了个开始的样子。场上的气氛一下高涨起来,卢六更是百倍的关注,小眼瞪得溜圆,原来奖金是掏他的腰包。

这时,大美的丈夫尴尬地一笑,用手挠着头皮说:"不好意思,我,我一激动,就想去趟厕所。"现场的人都笑了。主持人也

笑着说："那就快去，等你五分钟。"其实，也就三两分钟的工夫，他就回来了，现场的气氛再一次高涨起来。比赛开始，那位女嘉宾几乎把鼻子凑到了两个大男人脸上也没辨别清自己的丈夫，时间一到，就宣布失败了。大美上场了，她也把鼻子凑到两个男嘉宾面前，只一闻，就抱住了自己的丈夫。现场掌声雷动，都觉得大美两口子真是太默契了。主持人问大美的获奖感受，大美说："没啥感受，俺两口子就是冲奖金来的。两口子天天在一起，我要一晚上闻不到他身上的气味，还真就睡不着。你说我对丈夫这样了解，不得奖还不让人笑掉大牙。"

卢六发奖时，握着大美的手久久不想松开。他说："佩服，你们夫妻俩是我学习的榜样呀。"

回到家，大美掏出奖金，喜滋滋地坐在沙发上点了两遍后，对丈夫说："亏了你手背上的伤疤有个小坑，要不我还真摸不准呢。对了，你快去刷刷牙吧，上趟厕所的工夫就吃了半头蒜，我都快被你熏死了。"

感谢情敌

在我们这所六个老师的村小学里，李浩算是最抠门的一个。他平日里不喝酒不抽烟，吃喝上也极为节俭，唯一的爱好就是闲暇里写点儿小文章，赚点儿小稿费。同事们偶尔凑分子善待一下肚子，他也不肯就范，总是吃自己从家里带来的干粮和老婆用酱油腌好的咸菜条，边吃边砸吧着嘴说："好吃，真好吃。油水大的东西我吃不了，一吃胃就返油，就得喝浓茶压着，油腻是压住了，可睡意却没了，我这人一沾茶就失眠。你们说说，这不是花钱买罪受吗？"我们几个老师笑了笑，没作声，心想，前几天校长的儿子结婚，在宴席上你吃的鸡鸭鱼肉比谁都多，还喝了好几杯酒，装啥呢。

这不，今天李浩刚破例收了一张两百元的稿费单，就让同事小马看见了。小马性格直率，口无遮拦，就一个劲地嚷嚷着叫李浩请客。没办法，下午放学后，李浩就领着全校五个老师来到了镇上的"得月楼"。来这里喝酒，卫生方面不说，最主要的是老板和李浩是同村，菜的份量足，价格还优惠。李浩要了个单间，点了四个蔬菜一罐散酒，说："大家边吃边聊。"大伙儿这时也没了平日的斯文，男老师们推杯换盏，我们两个女的筷子也没闲着。第二杯酒还没下肚，李浩好像有些醉意了，望着桌上几个见了底的盘子，微微地眯上了眼。大伙儿正喝在兴头上，见没了下酒菜，自然有些扫兴。小马就推了推李浩，笑着说："李老师，今天我们来给你祝贺的，是不是酒要管够，菜要够吃啊？"

"那是，那是。"李浩揉了揉眼说。

"那就赶紧加菜啊。"小马又朝大伙儿挤了挤眼。

李浩脸一红，就喊了几声老板。

老板来时，李浩说："你这里有啥好菜，比如什么豆腐、萝卜的来一个，要做出特色来。"

还没等老板应答，小马抢着说："就弄个你店里的特色菜吧，要好的，李老师不差钱的。"

老板朝李浩一笑，说："特色菜当然有，就是贵点儿，不过咱村的二军常来吃。"

"二军常来吃？什么菜？"李浩一下瞪大了眼。

"龙眼凤肝。"老板随手指了指写在墙上的特色菜推荐单,继续说:"这道菜用鸭肝、猪大肠、鸡里脊肉、冬菇、玉兰片、火腿等十几种主料精炒而成,味道鲜美,可是鲁菜中的上品啊。"

"屁!他大字不识一斗的家伙也配吃这个?真是笑话。上一盘,咱也学尝。"李浩咬了咬牙。

菜端上来时,那搭配适中的色,那袅袅飘出的香,一下把大伙的情绪撩拨得高涨起来。第三杯酒下了肚,那盘"龙眼凤肝"也见了底。

李浩满脸通红,打着手势说:"还别说,吃这菜就是舒服,光这菜名就够我们荣耀的了!老板,再上一盘!"

见李浩有些醉了,大伙就说:"算了,改天再喝吧。"

"不行!二军不就是个包工头吗,狗屁素质没有还经常吃好的,我们更要吃,谁叫咱们是知识分子呢。谁要不吃,我就和谁急!"

"龙眼凤肝"再次上桌时,第四杯酒又倒满了。可李浩只喝了一点儿,就支撑不住了。他大喊着:"二军算个什么东西,他能吃我李浩也能吃!"

等大伙儿把他送回家时,已经半夜了。

第二天来到学校,小马就和李浩开起了玩笑:"请问李老师,你对昨晚的宴请有何感想?"

李浩挠了挠头,脖子一梗,说:"尽管钱花了不少,也挨了老婆的训示,但我们吃了那么多特色大菜,死了也值啊。"

大伙儿又笑了起来。

原来,李浩的初恋情人就是经不住二军金钱的诱惑,才和他拜拜的。从那以后,李浩听到二军的名字就反感,就老想在任何事上压过他。

知道这段历史后,大伙儿再谈起"龙眼凤肝"时,小马就笑着说:"让我们偷偷感谢一下李浩的情敌二军吧!"

文盲李二嫂

李二嫂年龄不大,却是个文盲。

一次,她骑着自行车进城。来到一个交通路口时,红灯亮了,前面的大车小车都停了下来。她不懂交通规则,就骑着车子径直向前走。警察看见了,边吹哨子边向她摆手。二嫂就想,都说城里人文明,看来不是瞎说。都知道俺庄稼人地里的活多,又要喂鸡,又要喂狗的时间缺,这么宽的马路都先让咱走,咱还客气啥呢。二嫂就撅起屁股,使劲地蹬起车来。可刚到警察身边,就被喊住了。

警察说,你闯红灯了,罚款十元。边说边掏出一个小本本写了起来。

二嫂一脸的疑惑,说,我怎么会撞红灯呢?

警察指了指半空中的信号灯,说,闯了就是闯了,大伙儿也都看见了,要赖也不行!

二嫂一听,火一下子就上来了。你欺负乡下人是不是?那灯那么高,我怎么就撞了?撞碎的玻璃在哪里?

警察听了,啼笑皆非。刚要解释,却被二嫂的大嗓门盖住了。

一会儿,马路上就围满了看热闹的行人。

二嫂说,大伙儿给评评理,我的车子在这里,他硬说我撞了什

么灯,这不是睁着眼说瞎话,欺负俺乡下人不识字吗?

二嫂觉得浑身都是理,越说越委屈,眼泪都流出来了。

围观的人听了,都哈哈大笑起来。警察也乐了,叹了口气,说,秀才遇见兵,有理说不清。算了,你走吧。

二嫂回到村里,还觉得憋屈,见人就说。邻居狗子听了,说,你今天幸亏遇上了个软心肠的警察。要不,就你这胡搅蛮缠的劲头儿,不关你几天禁闭才怪呢。

凭啥?二嫂一脸的不服。

狗子笑着说,凭啥?这个你就要问问二哥了。以后晚上别只顾了造孩子,也该学点儿交通知识了。

本是玩笑话,可二嫂听了,脸却红到了脖子根。

那时,二嫂结婚几年了,肚子还瘪着。

也许受了狗子的刺激,二嫂两口子有了令人难以想象的造人动力。一年后,就生了一对双胞胎。

孩子是剖腹产下的。每次二嫂瞅着两个人见人爱的孩子,再摸摸肚子上那条蚯蚓样的疤痕,就有些忧虑。

二哥就说,凭咱俩造的这"优良工程",就是弄到北京,也能得奖,你愁啥?

二嫂说,我是担心孩子以后不走正路啊。

二哥没好气地说,你这不是闲着没事,瞎操心吗?

二嫂听了,将衣服一撩,指着肚子上的刀疤说,这俩孩子打出生就没走正道(因剖腹产,孩子没经产道),大了能好到哪里去?说完,眼角就红了。

二哥被弄得哭笑不得,扭头走了。

两个孩子长得飞快,也特别淘气,五六岁时,常跑到门口的公路上玩耍,每次总惹得二嫂跟在身后大声叫嚷。

二嫂说,你俩记住没有？不是说走路靠右边吗？

两个孩子一脸茫然,问二嫂,哪是右边呢？

右边就是吃饭时拿筷子的手的那边。二嫂边说边比画,手把手地教孩子。

看见孩子在马路的右边跑来跑去,二嫂一脸的欣慰。

孩子跑累了,往回走时又问,妈,不走右边不行吗？

二嫂眼一瞪说,不靠右边走,被汽车撞死了,人家不赔钱！

二嫂说完,满脸的得意,觉得孩子懂得的太少了。

一张假币

上午快要下班时,领导突然下了个通知。领导说:"市电视台来单位拍一个奉献爱心的新闻,因前一段时间南方大旱我们单位也没捐款,这次就补上。下班后,大家利用休息时间捐款,拍的新闻晚上要播放,所以大家不要太寒碜,就每人一百元吧。"领导走后,我翻遍了口袋,就带了一张一百元的,可这钱是要给同事大刘结婚随礼的。没办法,先把钱捐了,随礼的事下午再说。我排着队刚把钱投进捐款箱,儿子就到了我的身边。儿子上五年级,他的学校和我们单位就一墙之隔。儿子说:"放了学刚要回家,看见你们在院子里排着长队搞活动,就知道你没走。"我说:"你有事儿？"儿子说:"当然了,我想问问你,昨晚我捡的那一百元假币是不是你拿了,我今天要交给老师,可怎么也找不见了。"我忙说:"我怎么会拿你捡的假币呢？你好好想想放哪儿了？"儿子摇

摇头,说:"可我哪里也找不到呀。"领导听了,看着满脸焦急和认真的儿子,摸了摸他的头说:"小朋友真懂事,了不起呀。"

下午刚到单位,领导就把我叫到了办公室。他说:"小冯呀,你儿子捡的那张假币找到了吗?"我还没回答,领导又接着说:"刚才捐款完毕,我们清点钱款时,里面竟有一张百元假币,不知……"领导话说了一半就打住了。我听了,觉得浑身不自在,赶紧说:"我投的千真万确是真币,那可是给大刘的随礼钱呀。"领导看了我一眼,说:"没关系的,我只是随便说说。"这下我更急了,忙说:"可那张假币与我无关呀。""嗯。无关,无关,年轻人要好自为之呀。"领导说完,拍了拍我的肩膀,意味深长地笑了。当时我那个窘呀,真是百口难辩,这恐怕是我一辈子最尴尬的时刻了。

晚上刚到家,儿子就回来了。他一进家门,就乐呵呵地对我说:"爸爸,你猜那张假币我放到哪里了?原来放到铅笔盒的夹层了,下午找到后就交给了老师,老师和我去了附近一家储蓄所上缴销毁了,这不,学校还奖了我一本笔记本呢。"儿子边说边拿着一个硬皮笔记本朝我晃了晃。

我听了,啥也没说,心里像打翻了五味瓶。

遭遇大款

几个月前,我在城里租了间临街房,开了个粮油经销部,主要经销老家土生土长的五谷杂粮和新鲜的大豆油。因为是纯绿色食品,生意还算不错。我一高兴,就把老婆孩子接了过来,想让他们也过几天城里人的日子。

那天,老婆刚在货柜前站好,就进来了一个四十岁左右的男子,肥头大耳,穿着讲究,胳膊下夹着一个精致的皮包。他进来后,东瞅瞅西看看,把各种杂粮看了个遍。老婆赶紧凑过去笑着说:"大哥,买点啥?这可是俺自家地里种出来的无公害杂粮。"那男子抚了下油光光的头发,说:"哦,不错的。那就先少要点,每样100斤。"老婆以为听错了,就说:"大哥,要这么多,你是开玩笑吧?要不你就是开商店的。"男子哈哈一笑,抬手朝马路对面一指,说:"真让你猜对了,我就是开商店的。看清了,'万家乐'大超市就是我开的,快给我备货吧。"说完,他掏出手机接了个电话。这一下可把老婆震呆了,天哪,他拿手机的右手只有四个指头,每个指头上都戴了一枚戒指,有金的、玛瑙的,还有蓝宝石的,反正光彩夺目,把我的小店映得亮堂了不少。

老婆去里间喊我时,激动得不得了,说:"来大买卖了,是大超市的老板,你看人家那派头,一瞅就是大款,过会儿你好好和他谈谈,说不定以后咱就是超市杂粮的供货商了。"当时我正在点着一沓零碎的票子,就赶紧塞进抽屉里,走了出来。

我出来时,他正打着电话走到小店门口,朝马路上挥了挥手,就挂了电话。这时,我看见有好几辆轿车咬着尾巴开了过去。他说:"我让司机开车先回公司了,你给我弄好货,我领你送到我家去。"我说:"不送超市?"他说:"为了确保产品质量,有很多东西我是亲自品尝的,譬如你的杂粮,只有这样才对得起消费者啊。我有好几个公司,每天忙得团团转,但很多事情我都要亲临一线的,要不咱做领导的心里不踏实啊!"说完,他又抚了下油光光的头发。"是啊,要是当领导的都像你这样多好啊。"我一边聊着

天，一边就把货弄好了。为了送货方便，我刚花了两千元买了辆汽油三轮，全车一身蓝，可带劲了。我装货的工夫，超市老板夹着他的皮包，围着三轮车转了好几个圈，说："不错，好好干，只要你的杂粮能保质保量，我与你签个供货合同，包你一年赚个小汽车。""那太谢谢你了。"想到自己年底也能开着小车回家过年，在老少爷们面前长长脸，心里别提多高兴了。

这时候，老婆拿着账单过来了，她笑嘻嘻地说："大哥，这总共是五种杂粮，价格、钱数都在上面，你再算一遍，把账结了吧。"他把账单接过来，看也没看，就塞进了衣兜里。他拉开自己皮包的拉链，笑着说："看仔细了，里面全是钱，但现在不能给，什么叫'货到付款'你们知道吧？"我狠狠地瞅了老婆一眼，忙说："当然知道了，大哥是大款，还在乎这几个小钱？何况咱以后还准备长期合作呢。"

他的家很近，也就一两百米的路程，是一幢临街的三层小楼。他说："你从后面的楼梯上去，把杂粮放在三楼的过道里就行，我在楼下的餐馆里等你，这个餐馆也是我开的。"我看了看三楼和车上的杂粮，觉得有点儿力不从心，就站着没动。他见我犹豫，就说："我不会亏你的，加你100块送粮费可以吧？"我点了点头，心说：大款就是大款，和这样的客户做买卖，那可是上辈子积了大德。我一下来了劲头，扛起一袋杂粮就朝楼梯走去。待我气喘嘘嘘地下来时，却怎么也不见了我的三轮车。我一急，忙向楼下的餐馆跑去，谁知"铁将军"把门，连个人影也没有。我问了周围的人，才知道这幢楼的主人是附近一所学校的，餐馆也已经停业半年了。我又急忙跑到"万家乐"超市，更没人知道那个长了四根手指的大款。这时我才觉得被人骗了，脑袋也大了，就没命地喊起来："抓贼啊，我的车，我的杂粮啊！"

我回到小店时,老婆喜滋滋的,刚给我沏了一壶茶等我享用呢。我哭丧着脸,还没把经过说完,她的泪就掉下来了。过了一会,老婆咬着牙说:"快去报案吧,我就不信派出所的民警抓不住他!"我说:"可茫茫人海里油头粉面的人太多了。"老婆说:"人是多,可四根指头的少呀。"我一想也是,刚要起身,派出所的民警却自己来了。民警后面竟跟着那个"四指大款",还有两个扛着摄像机的人。我和老婆一下懵了。民警说话了:"真对不起,我们单位正和电视台合作拍摄系列诈骗案例,为了拍得真实就没有通知你们,摄像也是在暗处同步进行,请多多见谅呀。"

老婆一听就乐坏了,长嘘了一口气说:"谢天谢地,总算没破财!"

我想栽棵柿子树

春天来了,我想在新建的庭院里栽几棵树,美化一下环境。

父亲说:"就在大门前栽棵槐树吧。俗话说'门前一棵槐,不挣自己来',以后的日子保证孬不了。"母亲说:"还是栽棵梧桐吧。'栽下梧桐树,自有凤凰来',我可盼着孙子能娶个好媳妇。"可老婆却说:"都什么年代了,还栽老掉牙的品种,就栽几棵樱花、玉兰吧,多漂亮!"想想三人的话都有道理,可把我难坏了。

正巧有朋友来玩,听了我的难处。就说:"这个好办,现在都时兴栽有造型的树,且越老越好,叫法还要有讲究。譬如柿树,到了秋天,小灯笼一样的果实挂满枝头,金灿灿的,那才叫漂亮。最

关键是寓意深刻,事事(柿柿)如意。什么财运、婚姻、美观不都包括其中吗。"我一听,简直乐坏了,这不是神树吗?

过了几天,我托人从山区的农户家买了一棵碗口粗的柿树,栽在了庭院里。还别说,这棵树龄稍长的柿树虬枝苍劲,树冠如伞,造型美极了。我每天没事就围着柿树转转,精心呵护着,心里美滋滋的。

一天,邻居张大哥来串门,他看了一眼柿树,说:"柿树倒是不错,但不能栽一棵呀。"

"为啥?"我有些纳闷。

"这不是明摆着吗,'一事(柿)无成'!"张大哥笑着说。

闻听此话,我惊出了一身汗,这不是没事找事,自己作践自己吗!

"那栽几棵合适?"

"当然是两棵了。'好事(柿)成双'嘛。"张大哥又笑着说。

"对,太对了!"我对张大哥的回答简直服了。

没过几天,我又弄回一棵柿树来。这两棵柿树一般大小,造型也差不多,简直是天生的一对。我在院子里栽好后,咋看咋顺眼,想到秋天硕果累累的样子,心里别提多高兴了。

过了一段日子,柿树发出了新芽,满树的生机,它给我的生活带来了无尽的美好遐想。

柿树上挂满了青色小果的时候,有外地的一个同学来家中小坐。同学是个生意人,很有钱,调侃中我就拿两棵柿树向他炫耀。同学围着柿树看了几圈,点了点头,说:"太漂亮了!只是栽两棵也太不讲究了吧?"

"怎么讲?"我有点儿懵了。

同学哈哈一笑,说:"两棵是双吧?双同霜,冷冰冰的,没一点儿生气,也太不吉利了!"

我愣了足足五分钟,才缓过神来,刚才的高兴劲儿全没了。

同学又笑了一阵儿,说:"这柿树是不错,寓意更好,可不是一般人就能栽的。前年我承包了两个荒山,栽的全是柿树,一到秋天,漫山的金黄,美得都成旅游胜地了!"

"哦,那你栽了多少棵?"我被同学的气势信服了。

"当然不少于一万棵了。"

"哎呀,了不得,那一万棵又有啥讲究呢?"我忍不住又问了一句。

"讲究大了,万事(柿)如意嘛!"同学说完,又笑了。

我瞅了一眼庭院里的柿树,不知如何是好了。

身价百万的人

那天,他躺在民工的窝棚里看电视,被一则新闻吸引了。电视播放的是一个农民工在自己打工的城市捐了一个肾,人家为了感谢,硬是给了他20万元。

他想,要是专业卖器官那肯定是桩不错的营生。

他扳着指头偷偷地算了一下。一个肾20万元,两个肾就是40万元,再加上心脏、骨髓、眼角膜什么的,应该差不多百万元了吧。

他一下激动起来,自己居然是个身价百万的人!

他想,自己先卖一个肾,回家把老房子翻盖成楼房,再顺便给

老婆买根金项链，省得她天天骂自己窝囊。如果再卖另一个肾，就把钱存起来。以后镇子上的酒楼、茶馆，自己也该是常客了。

他想这些时，包工头正过来喊他去开工。他摆了下手，又睡了。

包工头有些不解，他觉得这个新来的民工有点不正常。

接下来的几天里，他一直处在亢奋的状态中，每天除了去餐馆吃饭，空闲里就看看电影、逛逛公园，俨然成了这座城市的主人。

可过了不几天，他就烦躁起来了。

先是老婆打来电话，说地里的庄稼该施肥了，赶快寄点儿钱来。继而弟弟捎信说，抓紧把借他的那些钱还上，要不老婆快疯了。

他感到好笑，这点儿钱也值得嚷嚷！

他就去了一家大医院，说明来意，可医生直摇头，说，卖器官是违法的，只能捐献，还要办各种手续的。

他嘴一撇，捐献？我傻啊！

他又去了一家更大的医院，还是得到了相同的答复。他觉得医院是在骗他，我自己的器官，我爱怎么就怎么，谁管得着啊。他就去找院长，说，你们就买我一个肾吧，稍便宜点也行，我老婆等着买化肥呢。

院长就笑了，说，年轻人做啥不好，干吗非卖肾呢？

他说，卖肾来钱快，还不使劲。其实我啥也卖，心脏、骨髓都行，价钱好商量。

院长看了看他，又说，你的身体这么棒，能赚很多钱，卖器官不觉得亏吗？

他说，不亏！不卖器官我能咋值百万呢？你们就适当买点儿吧。

院长说,如果有人花一千万买你的命,你卖吗?

他说,不卖!我傻啊,命都没了,要那么多钱干啥。

院长就笑了,说,对啊,你已经有了价值千万的身体,还缺钱吗?

可是……

他更迷糊了,自己身价这么高,可口袋里咋就没钱呢?

一束鲜花

今天是情人节,阿龙下班走在回家的路上,想着应该买束花回去送给老婆。他们小区附近就有家鲜花店,阿龙打算到那儿去买。快走到花店时,阿龙却突然远远看见了自己的老婆从花店里走了出来,手里还捧着一束花。看着老婆离去的背影,阿龙心里有点慌乱:今天除了情人节,并不是什么特殊日子啊,老婆买花送给谁呢?阿龙想着,就偷偷跟了过去。咦,老婆怎么进了超市?约会情人应该去公园呀,再说了,约会情人一般是男的送花啊。阿龙正胡思乱想着,就见老婆买了一些蔬菜出来,径直朝自己的家去了。

阿龙舒了一口气,笑了,心想,就凭咱堂堂的杂志编辑,老婆也不会红杏出墙的。进得门来,老婆刚好把鲜花插在了花瓶里,满房间里溢满了花香。老婆看见阿龙,过去就亲了他一口,还笑着说:"你啥时也学会浪漫了?"阿龙顺手抹了一下嘴巴,赶忙说:

"别闹,孩子要放学了。"看着阿龙慌慌的样子,老婆笑得腰都弯了,说:"你还知道害羞?看看你的短信多酸啊。"阿龙满脸疑惑,"短信?我今天一天都在编稿子呢。"阿龙接过老婆递来的手机,上面显示:今天是特别的日子,特在小区旁边的花店为你订了一束鲜花,下班后自己取回。爱你想你梦你亲你的阿龙。短信发送的手机号也的确是自己的,阿龙一下子懵了。

这时,女儿回来了,进门就喊:"看妈妈满脸的幸福,保准老爸给你送花了。"见女儿满脸坏笑,阿龙一下捉住她的手说:"快从实招来。"女儿小嘴一撇,说:"其实也没啥,就是妈妈上早班走后,我用你的手机给她发了一条短信,然后就去了那家鲜花店向店主'秘密交代'了一下。那时你还在被窝里做梦呢。"

第五辑

亦真亦幻

和女人肚子签约

唐大说啥也不明白，自己竟和女人的肚子较上劲了。这个女人可不是一般的女人，是村委会主任卢大脑袋的儿媳妇。

按说唐大在卢村多少也算个名人了，既有祖传的阉猪手艺，又有大把的票子，做啥都顺风顺水的，可唐大最近觉得很郁闷。

先是村里的卢四，大字不识一斗，去年竟和村委会主任偷偷签了一份合约，包办村委会主任老娘的丧礼。当时村委会主任觉得卢四是文盲，接过他递来的两万元钱，想也没想就在合约上签字并摁了手印。没成想，今年春天村委会主任的老娘去世时，丧礼上前来送礼的村民竟排起了长队。事后，卢四在唐大家酒后吐了真言，村委会主任的老娘的丧礼竟一下让他赚了三万多元。再就是村里的郭疯子，瞅见村委会主任家的老母狗一次下了十只崽，也偷偷和村委会主任签了一份合约，要给他家的狗崽做满月。当时村委会主任就笑了，觉得郭疯子真是名不虚传，疯得不分南北了。他把郭疯子送来的一千元揣进衣兜后，激动得双手哆嗦，费了不少劲儿才把自己的名字写在了合约上。狗崽满月那天，郭疯子竟约来了一院子的人，他们在村委会主任面前对着狗母子说了不少恭维的话后，就随郭疯子去了镇上一家酒楼祝贺去了。据传，这次狗崽的满月酒让郭疯子的腰包立马多了五六千。知道这些事情后，唐大做啥也没心思了，卢四和郭疯子算个啥呀，要文化没文化，要素质没素质，可人家怎么就这么有眼光呢？想到这，唐大一拍脑袋,乐了,我也可以和村委会主任签份合约呀。

见到村委会主任时,唐大没绕圈子,直接就把自己的想法说了。村委会主任呵呵一笑,说:"自那两次签约成功后,我家的啥事都有感兴趣的,想签约的人排着队呢。譬如我儿子的婚礼,有出价十万元的,我没答应,结果仅礼金就收了二十万元。你说,他们出这点儿钱,不是恶心我吗?"唐大听了,尴尬地笑了笑。

唐大说:"主任,我想和你签约个肚子。"

"肚子?"村委会主任有些懵了。

唐大说:"是你儿媳妇的肚子。她怀孕了,你就有孙子或孙女了,到时生产了,不是要做满月酒呀。"

"那倒是。可现在物价一个劲儿地上涨,行情不稳,我怕到时吃亏的是我啊。"村委会主任显得有些忧虑。

"不会让你吃亏的,我多出些就行。"唐大边说边从衣兜里摸出两万元放到了村委会主任面前。

村委会主任瞅了一眼,笑了,说:"我儿媳怀的要是双胞胎,人家可要随双份礼的。"

唐大说:"哪能那么巧呢,咱这么大的卢村还没有一对双胞胎呢。"

"可我是村委会主任呀,我家的狗都产那么多崽儿,何况是人呢?"村委会主任也许觉得说偏了题,支吾了半天,憋住了。

唐大看看没啥进展,咬了咬牙,又摸出一万元放到了桌上。

村委会主任哈哈一笑,把钱揣进衣兜,抓起笔在唐大事先拟好的合约上歪歪扭扭地画上了大名。

和村委会主任偷偷签了合约后,主任儿媳的肚子就成了唐大最最关心的事儿。可一年过去了,她的肚子一点儿也不见大,唐大急了,就去找村委会主任探听情况。

村委会主任说:"你急啥?我还盼着早抱孙子呢,可这事儿,我得问问儿子呀。"

终于,村委会主任对唐大说:"咳,现在的年轻人都不想早要孩子,还在避孕呢。"

唐大一听就急了,说:"这不是存心和我过不去吗,那三万元钱存在银行里,一年有不少利息呢。"

尽管唐大满肚子的牢骚和埋怨,村委会主任儿媳的肚子就是不见鼓起来。

又过了一年,就在唐大对"肚子合约"逐渐失望的时候,村委会主任儿媳的肚子却突然大了起来,且大得出奇,像怀了多胞胎。唐大高兴得不行,暗暗算了一笔账,按全村每人五十元的礼金算,自己收入几万元不在话下。他想着想着,竟手舞足蹈起来,村里人见了,都暗地里说唐大不正常。

就在村委会主任儿媳生产的那天,村委会主任却因贪污受贿被上级撤职查办了。孩子满月那天,唐大满怀侥幸,一大早就守候在村委会主任的家门口,可等到太阳西沉,也没见一个前来道贺的村里人。眼瞅着自己的票子打了水漂,唐大忍不住在心里大骂起来:卢大脑袋,你可坑死我了!

大地震之后

3013年的一天,子午镇发生了一场大地震,镇子上的建筑物几近倒塌,一片狼藉。怪的是,镇政府中心的沿街房却安然无恙,这让前来救援的所有人员大为疑惑。

灾后重建时，当地政府为了更好地借鉴这些不倒房的构造性能，专门从全国各地请来了一批专家进行研究。这些房子均为二层沙石结构，造型和材质也不独特，几乎和当前的一般居民房无异。这时，一个房主提供了一份祖宗留下的房产证明，这份颜色枯黄的本本上竟显示此房建于一千年前。这让专家们吃惊不小，就这些普通的房子是凭什么在如此强震中挺立不倒的呢？研究了几天也没结果，只好用打孔机械洞穿墙壁看看材质里到底掺了什么。结果，打孔的过程遇到了困难。先是钻头受损，再是钻墙时一会稍快，一会较缓，感觉材质有硬有软，是多种东西混在一起的。更换了几个钻头后，墙壁终于打穿。这让所有的专家大吃一惊，原本二三十厘米的墙壁厚度在这里竟成了一米，并且取出来的圆柱形墙体的结构极为复杂，有红砖、水泥、沙子、瓷砖，还有一些赤、橙、黄、绿、青、蓝、紫多种颜色的材质混在一起。专家们又从其他楼房的不同方位进行墙体取样，发现所有楼房的外围墙体都相当厚，结构也基本一致。望着眼前的取样，专家们很轻易地下了结论：一米厚的墙体让这些楼房坚如磐石！

可专家们又疑惑了。一千年前，在此居住的先民经济条件还不是很好，况且也没有必要，为啥非要把房子的墙壁弄得如此"劳民伤财"呢？

他们又请当地的文史专家帮忙，终于找到了该镇当年的一些史料。史料显示的是一组大事记：

某年，张镇长在任，令镇上所有沿街房贴黄色瓷砖。一时间金碧辉煌，蔚为壮观。

某年，王镇长在任，令镇上所有沿街房贴白色瓷砖。一时间洁白如乳，倍感明亮。

某年,李镇长在任,令镇上所有沿街房将瓷砖用水泥抹盖后再用涂料将屋顶涂成青色,墙体涂成白色。南"水"北调工程大见成效,让南方水乡来考察的领导误为家乡。

某年,赵镇长在任,令镇上所有沿街房墙体一律用水泥抹盖后涂成红色。一时间,红色灿烂,领导赞赏,很多地方纷纷效仿。

某年,周镇长在任……

某年,郑镇长在任……

……

专家们茅塞顿开,千年不倒之谜顺利破解。

黑与白

我八岁那年,爹从集市上买来两只小山羊,白色的。但一只头顶上有一撮黑毛,我喊它小黑,另一只我喊它小白。小黑比小白个头略大,但都长得可爱,皮毛一样的光洁,眼睛一样的清澈,脾气更是乖巧温顺。爹望着在羊圈里嬉闹的一对小山羊,笑着对娘说:等它们大了卖掉,咱家的日子就会好些了。

村子东边的小山坡上长满了青草,是一处天然的牧场。自从有了小黑和小白,爹就让我星期天或下午放学后赶着它们去那里吃草。每次小黑和小白都快乐极了,在山坡上奔跑,也头抵着头嬉闹。玩累了,就静静地吃一回草。然后,它们再闹,再吃。这时,我就挎着柳条筐在一旁不停地拔草,为它们准备"夜宵",也为它们准备冬天的口粮。

晚上的"夜宵",除了新鲜的青草,也有奢侈的玉米面或麸皮。用水拌了,弄成糊糊,用料盆端给它们吃。每次小黑总是一副不饿的样子,让小白先吃。小白饱了,"咩咩"地叫两声,小黑才慢腾腾地到料盆前吃几口剩的。有时没了,它就舔几下料盆或吃一把青草。然后,在我家不大的羊圈里,小黑挡在小白的外面相拥而眠,极尽温馨。小黑完全是以哥哥的样子在呵护着小白呀。每次瞧见这些,我都感到新奇。难道这两只山羊也通人性?但接下来的事情却让我惊诧不已。

这年冬天,娘突然病了。家里没钱,爹只好在村里一家家地借钱,并承诺过年时一定还清。说归说,可家里除了小黑和小白,拿啥还钱呀?爹在羊圈前看着正在长身子的一对山羊,心里十分不舍。他大口地吸着自己手卷的劣质烟,一连串叹息后,还是请了村里的卢屠夫来看羊。

卢屠夫来到羊圈前,就粗门大嗓地说起来:哎呀,这只白山羊好肥呀,过年时宰了,足够你还债了。他朝小白指指点点时,小白睡得正香呢。我看到小黑一脸的惊慌,那眼睛也一下暗淡了许多。

自此,小黑完全变了样,成了一只蛮横的羊。

每次我去圈里添干草或细料,小黑总和小白争抢。小黑身架大,力气也大,每次的好草好料基本都进了小黑的肚子,小白只好捡吃些碎草剩料。小黑的反常让小白明显地感到了失望,小黑不再和小白嬉闹,也不再和小白相拥而眠,自己常常站在羊圈的一角朝着天空发呆。

我也是从那时起,对小黑产生了一种厌恶。心想,牲畜就是牲畜,你咋能和人比呢。去添料时,我总拿一根小木棍边戳小黑的头,边喊着:叫你横!叫你横!看我在场,小黑稍稍收敛了它的

霸气。小白怯怯地刚到料盆前,小黑"咩"地大叫一声,眼睛放出一股凶光。小白一下停住脚,又慢慢退了回去。

要过年了,卢屠夫又被爹请到了羊圈前,他的粗门大嗓再次吸引了我的目光。他说:怪了,这只白山羊怎么瘦成这样了?黑山羊倒是肥肥的,就宰这只黑羊吧!小黑被带走时,我正在圈前看热闹,我想瞅瞅小黑的蛮横哪里去了。小黑没有惊慌,竟然一脸的淡定。它走到小白面前,用头轻轻地抵了抵它的脸,咩咩叫着,两眼一下湿润了。

我突然明白了什么,心里颤了一下。

小黑走后的日子里,小白居然绝食了好几天,夜里也时常听到它的叫声,撕心裂肺的。

司马光砸缸的唯一证人

路旁刚碾好的场院里,稀稀拉拉地立着几口大水缸,里面盛满了清水。

司马光和一群孩子正在缸的周围扭着屁股,疯了似的跳着舞。闹腾声把在路边打瞌睡的驴二吵得睁开了眼,他有些心烦,本想把司马光他们骂一顿,可脑袋刚扭过去,就愣住了。嘿!这年头,刚断奶的孩子也会跳舞,还别说,真跟电视上差不了多少。驴二一下来了兴致,就眯缝着眼,有滋有味地欣赏起来。

驴二单身一人,为了活得悠闲自在,几年前就把自己的口粮田包了出去,整日里游来荡去,满村子里混吃混喝。正巧麦收来临,为了防火,家家要配备大水缸,村委会主任便派驴二去监督各户水缸的落实情况和供水问题。场院里空荡荡的,驴二正闲得难受,司马光这群孩子就把节目送到眼皮底下了。

八岁的司马光自恃才华横溢,指挥着小家伙跳够了舞蹈,又唱歌曲。过够了歌舞瘾,又爬到水缸沿上绕行玩杂技。小司马光一岁的本家弟弟司马明刚爬到缸沿上,就"咕咚"一声掉进了缸里,水翻了几下波,平静了。这下子,孩子们慌了。有的大喊救命,有的围着水缸打转,全然没了表演歌舞时的威风。司马光跑到驴二跟前求他帮忙,他半眯着眼说脚脖子崴了,动不了,还是回村里打110报警吧。司马光没了辙,就盯着水缸寻思起来。他突然想起幼儿园里老师讲的"以卵击石"的故事,就找了块石头,狠狠地朝水缸砸去。缸破了,水流了一地。此时的司马明浑身湿漉漉的,蜷缩在缸底,连淹带吓竟已半死。孩子们围着司马光跳呀唱呀,都说他是个"聪明的一休"。司马光看了一下破缸,说这是司马明家腌咸菜用的旧缸,亏了是个瓦的,要是换成别人家的瓷缸,就很难砸破了。

瞎闹腾个啥!把缸砸破了,耽搁了麦场防火,看我怎么向村委会主任汇报!驴二一摇三晃地走过来,嘴巴噘得老高,脸也凶得吃人。

临近中午,割麦户陆陆续续聚到场院里,司马明的父亲一眼就看见了自家的破缸。

司马明,这是怎么回事?

我掉进缸里了,是司马光砸破缸救了我。

司马明的父亲一时语塞。过会儿大伙问你,就说啥也不知道。父亲捏了司马明一把,低声说。

人们纷纷围拢过来想瞧个究竟。

司马光双手叉腰站在破缸前对父亲和大伙儿说着什么,圆圆的小脸上洋溢着得意之情。司马明的父亲走到司马光跟前说,我儿子跳到缸里练游泳,又没招惹你,你为啥要砸破我家的缸呢?

司马光说,是他掉进了缸里,我若不砸破缸,他会淹死的。

司马明的父亲又说,可你说的话,谁又能证明呢?

驴二就能证明。

证明个屁,我在睡觉,啥也没看见。驴二撇了撇嘴。

司马光没了言语,一双眼睛干巴巴地瞪着司马明的父亲。不一会儿,司马光的父亲和司马明的父亲就吵了起来,且越吵越大,还动了手。

第二天,司马光砸缸的事儿就闹到了乡司法所。在所里,双方各说各的理,负责处理的人员没法子,便要求出具证人。和司马光一起的孩子太小,不能作证,驴二便成了此事中最具法律效力的唯一见证人。

驴二被司马明的父亲请到家中,好酒好肉地伺候了一顿,临走又塞了五十元的烟钱。于是,司法所里,驴二就站到了司马明父亲的一边。在关于水缸的赔偿问题上,司马明的父亲做了一点儿说明,水缸虽是瓦的,可缸是老婆从娘家陪嫁过来的,有金钱不能买到的纪念价值。最后,工作人员积极调解,让司马光的父亲赔水缸破损费两百元。

司马光的父亲刚从司法所回来,就见司马光和司马明又玩耍到了一块儿,就揪着司马光的耳朵,狠狠地说,以后少耍小聪明,又不是咱家的事儿,你操哪门子闲心?丢人现眼不说,还白白赔了老子四个月的酒钱。司马光的耳朵被拧得生疼,就"哇哇"大哭起来。

这事儿本该结束的时候,正巧乡里的通讯员小吴去司法所找材料写稿子,发现了司马光砸缸的纠纷事件。事件中谁对谁错暂且不论,仅是司马光的非凡举动,不正是广大少年儿童智力开发的一个典范吗?后来小吴亲自采访司马光和他的小伙伴,得到了事情的来龙去脉,写成了司马光见义勇为、搬石砸缸、智救落水儿童的感人文章。文章在《汴梁晨报》发表后,引起了不小的反响,后多家大报刊竞相转载,司马光砸缸的故事才得以在全国流传开来。

新编东郭先生和狼

东郭先生骑着毛驴行走在秋日的田野中,驴背上除了一只装书的口袋,还挂着一把老旧的吉他。他最近很烦,这些年自己拼命地教书,除了得过几本没用的荣誉证书,啥实惠也没见过。当年一起上班的同事有的当了领导,有的工资没少拿,却教着一门很轻松的副课,而自己兼任着两个班级的课程,还隔三岔五地挨领导批评,真憋屈。有好心的同事说他太直,应该过年过节给领导送点儿礼。东郭就说:"就这点儿工资,再给领导送礼,我老婆孩子还不饿死呀。"同事听了,就不吱声了。好在自己教书出众,又弹得一手好吉他,在十里八乡名气还行,赶上节假日,不少家长上门请自己给孩子补课,也多少赚点儿补贴家用。今天是星期天,东郭先生就是去邻村给孩子补课,顺便教吉他的。

这时,对面的小路上跑来了一只狼,一瘸一拐的,腿上还在滴血。狼跑到毛驴前停下了,并叫了一声东郭的名字。东郭吓了一

跳,说:"你咋认识我？我从未冒犯过你们狼族呀。"狼说:"这十里八乡谁不知道你东郭的大名呀,你忠厚老实,又是县级模范教师。"东郭松了一口气,狼又急急地说:"我现在被一个猎人追杀,你快救救我吧！"东郭说:"这庄稼都收获了,又没有藏身的地方,我咋救你呀？"狼瞅着东郭说:"把你的口袋拿下来,我缩缩身子钻进去就行。"东郭面露难色,说:"口袋里装着学生的辅导材料,你进去弄得血淋淋的,我怎么用呀？"狼急了,大睁着双眼,说:"猎人马上就到了,你救了我,我会报答你的。听说你们校长的老婆养了一群鸡,晚上我去统统咬死,再在他家的门口撒泡尿行了吧？"东郭略一思考,就打开了口袋。等东郭把疼得龇牙咧嘴的狼塞进口袋,扎好又放在驴背上,远处就传来了马达的隆隆声。

到了近前,东郭才看清是一辆摩托车,骑车的是个健壮的中年人,车把上挂着一把国道边上常有人兜售的那种弓弩。他停下车,过来对东郭笑笑,说:"你看见一只受伤的狼了吗？"东郭摇摇头,牵着毛驴就走。中年人在后面突然说:"多好的一头毛驴呀,你应该是东郭老师吧？"东郭听了,停下脚步,满脸的疑惑。中年人又说:"我的孩子就在你们学校,他经常提起你,寒假里我想请你给他辅导功课呢。"中年人掏出一盒"中华"香烟,先递给东郭一支,自己也抽上,两人就聊了起来。越聊东郭越觉得别扭,一个打猎的大字不识几个,竟抽"中华",骑摩托,自己满肚子的学问,居然还骑着毛驴,你说这世道是咋了？看着东郭满脸的沮丧,中年人说:"东郭老师,我知道你怀才不遇,我想帮帮你。我的一个远房亲戚是县教育局的干部,到时我通融一下,说不定对你有好处。"东郭听了,嘴巴使劲一咧,就笑了。他说:"现在的动物不是都受保护,不让猎杀吗？"中年人压低声音说:"是呀,我知道东郭老师厚道,就跟你说句实话吧。我这次是偷偷干的,有个马戏团的老板让我给他弄只活狼,出价一万元呢。"东郭听了,眼睛转了几转,好像想起了什么。他挠了挠头上稀疏的头发,用手指着驴背上的口袋说:"我该走了,学生还在家等着我呢。"中年人朝他手指的地方一看,见口袋里有东西在微微蠕动,袋口还有一片殷红的血迹,就啥也明白了。他冲东郭点了点头,说:"放心,过几天我就去找我的亲戚。对了,你告诉我电话号码,到时我联系你。"东郭愣了一下,随即尴尬地一笑,说:"我没有电话,你给我留一个吧。"等中年人把口袋搬到摩托车后座上,用绳子使劲捆绑时,狼似乎明白了一切,便在口袋里大声叫骂着:"好个卑鄙的东郭小人,我回来那天不会放过你的!"

瞅着摩托车远去了,东郭从贴身的衣兜里摸出一个老式手机来,拨了号码说:"对不起,我现在有事儿不能去给孩子辅导了。"说完,他就调转了驴头。回到家,东郭从抽屉里找出一张几天前的当地晚报,反复看了几遍,嘿嘿笑了。晚报上刊登了森林公安局关于严禁私自猎杀、交易野生动物的一则公告,其中知道详情并对公安机关检举的当事人将重奖,最低一万元。

东郭看着中年人留下的电话号码,一下子激动起来。

信不信由你

来,二哥,喝。啥?喝足了,不是嫌咱伺候得不好吧?咋?你想听听俺的买卖经,俺知道你的文章写得好,是想收集材料吧?那可不行,俺买卖人图的是钱,可不是名。啥?只是胡拉八侃聊

聊天？中。二哥，那咱就边喝边聊。

俺买三轮车跑买卖可有好几年了。赚钱不？整天风里雨里，起早贪黑，不赚钱谁干！要说受累，那是上了钱的当。这年头，钱是好东西。西庄有个诈骗犯，判了个无期，后来竟成了十年，听说人家花了一包袱钱。有钱能使鬼推磨，可话又说回来了，赚个钱可真不易。

刚买上车那阵，拉小猪、贩青菜，啥都干。赚了不少？咳，不怕你笑话，除了赚了满车的猪屎味和几把烂韭菜，就是瘦掉的那几斤膘了。为啥？起初俺也纳闷，后来才知道，那些贩猪的赚的是昧心钱。小猪在集市上还活蹦乱跳呢，可买回没几天就死了，见肚子鼓得厉害，开了膛，你猜有啥？胃肠里全是水泥和沙子。你皱啥眉？你们城里又不养猪，不过你常买菜吧？那可要注意，有时看小贩的秤杆还直翘，可回家就是称不足，还纳闷呢，嘿嘿，其实那是特制秤。啥原理？讲了你不嫌脑子乱？就和你说个最好的法子，买个弹簧秤捎着，买东西时自己称称就放心了。

喝呀，二哥。不是吹的，卖菜那秤跟俺用的秤比，可差十万八千里呢。啥？说说俺那秤，其实你又不是工商所的，俺怕啥？说就说。

做买卖可不是件容易事。起初正儿八经地干，白搭工，车停在家"抱窝"又让人笑话，俺就愁得吃不下饭。正巧有个玩车的朋友来，说俺死心眼，外面的钱多得满地跑，问我犯啥愁。俺听着有门，就炒菜留他喝一壶，边喝边听他指点，俺心里就慢慢地有了底。看来，得尝尝昧良心的滋味了。

你没去过山沟沟吧？那里偏僻，除了满山坡的地瓜，啥都缺。俺就看准了这一点儿，等地瓜切成片晒干时，就把面粉、大米、麸皮、蔬菜啥的往里拉，就用瓜干兑换，一天也能弄个百儿八十的，比你当记者强多了。

说起来，还不多亏了俺那杆秤。二哥肯定没见过，外面和普通秤一模一样，可里面就不是那么回事了。咳，不说了，说白了还不是打自己的脸，让你笑话。咋？不要紧，咱都是老百姓？二哥，就冲你这谦虚劲，俺豁出去了，给你说说，可酒你得喝呀。

俺去山里兑换瓜干，人家给装瓜干，俺就撑着麻包，边装边用木棍把瓜干捣碎。你猜有多重，一包八十公斤，信吗？俺趁人不注意，就把秤刀子那么一拽，只称六十公斤。山里人还乐呢，说平时也就三四十公斤，这一捣鼓还真有分量哩。其实，俺头一次捣鬼还真怕得很，浑身直抖。时间长了，心反倒平稳了，只是有时候良心上过不去。祖祖辈辈都是老实人，咋到了俺这辈就缺了德呢？俺就安慰自己，这年头骗人的事儿多了。那天俺买了袋复合化肥，回家打开就全是水泥蛋蛋。笑啥？报应？俺想通了，只为那句"好人无长寿，祸害一万年"的老话，也要坏下去。

说句心里话，山里人太善良了。俺每次渴了给端水，饿了给弄饭，俺心里就暖暖的。可一做买卖，就让钱把心遮暗了。

当然，这是几年前的事了。现在山里人也开放搞活了，纷纷做起了生意，才发觉受骗了好几年。可还有雏儿，拿历史当新闻，还进山耍秤呢，真是"人家偷羊他拔橛"，结果被人抢了面粉，还挨了打。嘿嘿，山里人愤怒了，也挺狠！

啥？俺可从没挨过打，常年在外，心眼要活。当年一看风势不妙，俺就挪了"根据地"，去了百里之外的外县。那地方人更厚道，这"活刀秤"他们做梦还没见过呢，买卖好得很哩。哟，二哥，不是瞎吹，今天这趟又赚了，仅分量就涨了两百多公斤，麻包里俺还掺了不少小石子。查出来就糟了？谁查？收瓜干的那些人，哪个俺没偷着给塞钱，哪个装卸工没抽俺的"红塔山"，嘴严着呢。这就叫"资了个人，亏了国家"。

哟,二哥,你咋不喝了？咋？你打算写篇稿子向社会吆喝吆喝,让俺这号人"晒晒太阳"？这就是你的不对了,说的是胡拉八侃,你怎么就当真了呢？

一只狗的自白

小的时候,依稀记得那天阳光很暖,我正偎在母亲的怀里吸吮着乳头,就看见主人的门前停了一辆锃亮的小车。车的主人是个胖胖的男人,他按了两下喇叭,主人就赶忙跑到母亲跟前,一下把我拎得老高,走到胖男人跟前,点头哈腰地把我放进小车的软座上。胖男人从兜里摸出几张大票扔给主人,就发动了车。一下子离开母亲温暖的胸怀,我就"汪！汪！"地大哭起来。透过小车贼亮的玻璃,我看见母亲两眼泪光,正朝我死劲地拽着脖子上的铁链。我虽然幼小,但我可以肯定,主人把我卖了。主人是个常年贩卖我的同类的人,他对我们没有丝毫的同情和怜悯。他是个有钱就叫爹的人。

那天,车开出老远,我还瞧见主人捏着钞票的手举在半空,两眼对着阳光辨认钞票的真伪。他的嘴巴张得老大,满嘴的黄牙像以往那样正散着一股浓浓的臭味。

新主人(以下称主人)住的是一座独门独院的将军楼,院子里绿树红花,拾掇得像公园一样。我刚来那阵儿,不知道主人是干啥的,反正每天都有三三两两的客人登门造访。女主人矮矮胖胖,满脸的横肉,她每天除了吃喝,余下的时光便是逗着我玩。她每天喂我上好的奶粉，还给我洗澡、梳妆，有时嘴巴伸得老长抱着我亲个没完。女主人抹的绝对是上好的油膏，可她身上那种与生俱来的狐臭味，熏得我不得不扭过头去。她拍拍我的头，示意我到客厅里看一看。我刚迈进步去，身子便一趔趄，我猛地收住脚步，才发现自己走进了水晶宫。大理石地面幽幽地泛着光泽，就连四壁的墙上也镶满了镜子，明晃晃地映得我有些晕眩。透过镜子，我一下子看见了自己当时的窘态，诚惶诚恐，不知所措。

我突然感到了一种从未有过的孤独和寂寞。于是，就想起了我的母亲和兄弟姐妹。不知此时，老主人是否也将她们活活地拆散。

然而，这仅仅是一时的想念而已。没多久，女主人就把我养成了一只活脱脱的贵族狗。我每天打着咖啡味的饱嗝，在主人身边摇尾时，母亲那甜美的乳香已离我渐渐远去了。

主人是个局长，确切地说，是一个贫困县的局长。从前那么多的人来找主人，我只认为是主人的朋友，在一起谈心叙旧，其实他们都是提着礼物来找主人办事的。主人是个大贪，这与他的发迹是绝对成正比的。那些空手而来的人，在对主人叙说情由时，大都双眼盈泪，似乎要主人可怜他什么。这时，主人总是哼哼哈哈，一边不停地瞅着腕上的金表，一边自语着时间的金贵。那意思就差说一句：你走吧，我哪有闲工夫陪你唠叨！客人走后，主人总是对着他老婆发些脾气，絮絮叨叨，言语之间便很透彻地显着一个道理。身为一局之长，日理万机，要是每天都把时间浪费在这些属铁的公鸡身上，那不是对国家和人民不负责任吗？女主人双手叉在肥嘟嘟的腰肢上，气势汹汹地拿眼瞪了男人许久，最后好像也觉得理亏，头一歪，竟没了言语。

说句实在话，我这狗并不笨，再加上女主人空闲里有意无意的点拨，从此，在迎送宾朋的琐事中我就逐渐成了主角。说白了，

我的工作其实是一件很简单的事情。每次有客人来找主人,只要带着礼物,我就不声不响地迎上去,先朝他摇摇尾巴表示欢迎,然后再带到客厅门口,出去的时候再用同样的办法送到大门口。对那些空手而来的人,我便扑将上去,使劲地撕咬,将他拒之门外。我的这种敬业精神,很得主人的赏识,于是在众人面前就常提到我,说我多么的乖巧,多么的善解人意……总之,我是一条非常非常好的狗。提的多了,好事的秘书便专门为我写了一篇文章,叫什么《局长家的狗》。文章写得活灵活现,把我写得差点儿成了局长的秘书。有所出入的是,他把我能识别礼物的能力改成了能辨别是非,还能亲好人,远歹人。文章的最后还呼吁社会各界都要学习我那种任劳任怨、忠诚奉公的精神。文章一见报,主人就乐了,稍后有小车拉着去了县城一座最豪华的宾馆娱乐去了。主人一高兴就有泡小姐的冲动,这是他多年来雷打不动的习惯作风。

几年里,我为主人默默地尽着自己的职责,虽然辛苦,可看到那些人模人样的家伙恭恭敬敬地从我跟前走过时,竟也受了感染,变得有些狗模人样了。

春节前,是我最忙碌的时候,前来拜访主人的客人有时彻夜不绝。那段日子里,我使出了浑身解数,尽量不让主人做无用之功。夜深了,两个主人在房里清点钞票和摆放礼物的声音很响,连主人的邻居都疑心是老鼠造反,连呼讨厌。就在主人家快要变成银行和百货公司时,我听到了两个主人的一段悄悄话。女主人说,今天很多人打来电话都说咱家的狗太厉害了,昨晚口袋里白装了几万块钱,愣是连门也没迈进来。男主人说,这狗是该换换了,是不是老眼昏花了?再说这世道也太复杂了,要不让搞电子的老高给狗头上装个监控仪什么的,凡身上带着红包来的就绿灯一亮放人,反之红灯就亮,再让狗去撕咬他、驱赶他,岂不是百无一失吗？去你的,美事全让你占了。女主人咯咯地一笑,屋里就黑成了一片。

我听了,当时就出了一身冷汗。没想到拼死拼活地干,还是出了差漏。想想几年来主人对我的养育之恩,就愧疚得要死。

那一阵子,女主人回娘家小住去了,饮食又不如意,我的情绪便降到了极点。那天,天上飘着雪花,大地一片银白,静极了。男主人搂着一个浓艳的女人走进门来。我刚要撕咬,主人竟抬脚重重地向我踢来。我一阵儿疼痛,就听主人吼道:瞎眼了？连自己人也咬！我懵了,这个满脸浓妆、满身臊臭的女人怎么会是自己人？每次男主人搂着女人迈进家门,总是不厌其烦地对我说起这句话,可每次的女人我都不认识,他这样做不知是否对得起他的结发老婆？

那一夜,我趴在门口,听着小楼里哼哼唧唧的声音,闭上了眼睛。我太疲乏了。

太阳一竿子高时,便又有人来拜访主人了。来人提着一个大号旅行包,鼓鼓囊囊的,沉重得有些吃不消。我抬了一下眼皮,就放他进去了。直到第二天,我才知道主人家出事了,被人盗去了十万元现金。最先发现失盗的是男主人,那夜他陪骚女人睡到半夜就走了,也许是怕一早被老婆碰个正着。由于走得匆忙,那女人的小包就忘在了床头。半晌男人猛然想起回家取包时,就发现丢了钱。也该那小贼倒霉,他丢弃的旅行包里,除了一堆破棉絮,再有的竟是一张身份证。根据身份证上的地址,警察几小时就将盗贼捉拿归案。

派出所里,主人对着盗贼拍案而起,大声质问。也许局长审人是桩稀有的新闻,录像的、录音的、握笔的记者去了不少,把审讯室围了个水泄不通。盗贼是附近的一个居民,无业游荡。他

说,他在主人的门口暗暗地观察了半个月,就发现了一个秘密,局长家的狗认物不认人,于是趁机提了装满棉絮的旅行包,走进了大门……话刚说了几句,主人的屁股就坐不住了,脸也变成了猪肝色。他一把抓住盗贼的头发,狠狠地扇了两个耳光,扭头走了。记者们谁都没有想到这样的结局,一个个木头般立了很久,才哄地一下散去了。

其实,真正倒霉的是那只看门的狗,也就是我。如今,我被主人逐出家门,流浪街头已经一月有余了。眼睛瞎了,腿也跛了,往日的风采已不复存在了,我成了一只地道的落魄狗。这时,我很自然地想到了死,死是一切痛苦的终结。阳光这么温暖地照着,心也静静的,我惬意极了。然而,快乐对于我毕竟是短暂的。在接近天堂之前,我在心里一直念叨一件事,死后如果有来生,千万别再是一只狗。

壮胆丸

卢四是我的大学同学,瘦高个,背微驼,说话慢声细语,嘴皮子也不怎么利落。说实话,有点儿"娘",挺弱势的一个人,但他正直,总是一副与世无争的样子,是不可多得的好哥们儿。我俩毕业后一起进了一家大型国有企业,都分在总公司。我文字基础好,被分在宣传部。他在科室负责统计,每天的工作量较大,将十几个分公司的生产进度汇总填表,进行分析后再呈报总经理。卢四很珍惜自己的工作,每天都认真负责,任劳任怨,即使生病,只要能扛住,也绝不请假，他就像一架编好程序的机器不停地运转着。

可是，他的积极并没有得到同事的赞同，反而招来了很多意见。有人说他的字写得别扭，窄窄瘦瘦的像豆芽菜，他就默默地苦练硬笔字，一年后竟在市里的硬笔大赛中得了奖项，可同事还是说他的字难看。最可气的是同科室的几个人竟说他的数据分析很肤浅，就知道坐在办公室搞数字游戏，根本不结合当前的市场形势，纯粹是敷衍。他听了二话不说，立刻下基层，熟悉各分公司的设备、管理、经营等情况，并认真做了记录，把很多因素都列入了分析内容。卢四累成了一根杆儿，走路都摇摇晃晃的，但同事对他的议论并没有因为他的额外付出而减少，反而更多了。很多乱七八糟的事儿也在整座办公大楼里疯传，说什么卢四一个窝囊货儿为什么能娶那么漂亮的媳妇呢？是因为他媳妇大姑娘时和别人堕过好几次胎，没人要了才嫁给他的。还说卢四为什么那么瘦呢？是因为染上了赌博的恶习，经常偷着卖血还债，把好好的一个身体糟蹋了。一天下班后，我把听来的谣言告诉他，原以为他会大发脾气，痛骂一顿的，谁知他竟蹲在办公室的角落里，双手抱头，一言不发。我说：人善叫人欺，马善被人骑，你不能再这样老实了。好久，他总算说了一句话：他们说就说吧，反正又说不疼我。

接下来的很多日子里，卢四的处境越发不好。评先进没有他，分房子没有他，就连最起码的科员出去旅游也没有他，他的名额不是张三给了老婆，就是李四给了儿子。卢四气不过，就去问组织者，组织者说：考虑到你的身体状况还是在家休息吧，你出去如果被风刮跑了或者病在了路上，谁也负不起这个责任呀！随着阵阵嘲笑声，他的脸一会儿白，一会儿红，浑身哆嗦，一点争辩的勇气也没了。

卢四完完全全陷入了一个怪圈中，不能自拔。期间，老婆嫌

他窝囊,赌气回了娘家,再也没有回来。

后来,听人说卢四的胆子不知为何大了许多,整个办公室的人他想骂谁就骂谁。一次在办公室会议上,卢四猛地从椅子上站起来,把手里的茶杯用力往桌子上一放,茶水洒了一桌子,他双目怒睁,指着两个平时爱议论他的女同事,激动地说:我的数据分析是完全按规定做的,凭什么说我分析得肤浅?我辛辛苦苦下基层拿到第一手资料后多次分析,可你们还说不行,我看你们是吃饱了撑的!你们管得着吗?以后我爱怎么分析就怎么分析,你们再敢管闲事,我打烂你们的头!卢四越说越来气,顺手把桌上的一盆鲜花狠狠地摔到了地上。他挺起胸,踩着满地的碎花盆,头也不回地摔门而去。

满屋子里一片愕然。

从此,卢四背不驼了,走路带劲,说话粗门大嗓,脾气更是火爆,与以前简直判若两人。都说"江山易改,禀性难移",卢四这种后天性胆大的例子,百万人里也难挑其一。不管怎么,评先进有他了,分房子也有他,出去旅游更没人再敢占他的名额了,许多人见了他都点头哈腰,如见上司。

一次,我去卢四的科室里拿材料,正遇上他和自己的上司理论。他一手叉腰,一手指着经理的鼻子大声驳斥,眼看经理理屈词穷、甘拜下风时,卢四却突然软了下来,说话的声音明显减小,并且结结巴巴了。看着我一脸的疑惑,卢四说:我去趟洗手间。他前脚走我后脚就跟了进去,却见他正从口袋里掏药吞服。我看了一下包装,模模糊糊写着"增胆丸"字样。卢四凄然一笑,悄声对我说:药力不足了,我补充一下。

增胆丸?真是稀罕药。是谁发明的?又从哪里买的呢?我刚要问,却见卢四已经挺胸走出去了。

第六辑

往事如烟

闲人冯其五

冯其五年轻时,老实本分,被本村的大地主卢守财相中,雇他每日里扫扫院子,再就是每天早晨给他遛狗。卢守财养着两只狗,凶猛异常,平日里护家看院倒也尽力,只是这两只狗有个毛病,早晨吃饱后必定绕村溜一圈,否则,便不停地"嗷嗷"乱叫。冯其五来到后,卢守财专门嘱咐,粮囤里的小米、玉米、高粱等尽管用,只要把狗养好了,怎么都行。冯其五答应一声,扫完院子就琢磨着怎么喂狗。他把这些粗粮用石磨弄碎了,再用滚烫的水拌着给狗吃。今天吃玉米面的糊糊,明天吃小米面的糊糊,后天再吃高粱面的糊糊,有时东家吃剩的菜汤也倒上,不长时间,两只狗就被他伺候得精神抖擞。

每次遛狗,看着两只小狮子一样的狗,在人前挺胸腆肚地走着,冯其五也觉得挺自豪。一次,他遛狗走到村子西头时,在破茅屋前佝偻着的丁四突然走到他跟前跪下了。

丁四说:"兄弟,你帮帮忙,给我弄些吃的吧。"

冯其五被丁四一跪,弄懵了。等醒过神来,说:"我光棍一条,穷得叮当响,自己吃喝都靠东家,让我怎么帮你呀?"

原来,丁四一家五口已经三天没吃东西了,三个孩子饿得哭都没了力气。丁四两口子都有病,干不了重活,以前一直靠村里人一碗粥一个窝窝头地接济,可现在年景不好,大家自己也很难填饱肚子了。看着丁四眼泪鼻涕挂满了脸,冯其五是一点办法也没有。

丁四又说:"咱村里就卢守财有粮,可我去借,他说喂狗有粮食,借给我一粒也没有,还让我快滚。我寻思着你给他干活,总能弄点吃的吧,不管是啥,只要我们一家人饿不死就行。我实在没办法了,求求你。"丁四又一个响头磕下去,弄得冯其五心里酸溜溜的。他实在不相信平日里笑眯眯的卢守财,会有这样的铁石心肠。瞅着两只胖乎乎的狗,冯其五脑子里飞速地转着,他拉起丁四,说:"明天这个时候你在这里等我。"

第二天一早,冯其五遛狗到村西时,丁四果真早早等在那里了。看见冯其五,他满脸喜色地伸出了一双黑乎乎的手。冯其五摇了摇头,说:"东家看得紧,吃的我是一点也带不出来呀。"丁四愣了一下,说:"你不帮我,一家人就只有饿死了。"说完,呜呜大哭起来。见此情景,旁边几个闲聊的人赶紧上前相劝。瞅着两只狗急呼呼地跑到柴垛旁拉屎去了,冯其五说话了:"一个老爷们怎么就知道哭呢?还嚷嚷着要吃东西呢,你吃狗屎去吧!"几个相劝的人都愣了,心说你冯其五才吃了几顿饱饭呀,就用这种口气说话,也太没良心了。看着丁四无助的眼神,冯其五朝他挤了挤眼,指着远处的狗屎,一字一顿地又说了一遍:"你——去——吃——狗——屎——吧!"

以后,冯其五再去遛狗,丁四总是对他善意地点点头,但村里却很少有人和他搭话了,都说冯其五不是个东西,变得和卢守财一样,心黑了。冯其五也觉得村里人冷落了他,就微微一笑,啥也不说,每天照样遛自己的狗。时间一长,人们就发现冯其五遛的狗瘦了,肚子瘪着,身上的骨头架子都看得清清楚楚,走路也一摇一晃的,没精神了。再往后,冯其五就被卢守财撵回了家,听说嫌他连个狗也喂不好,饭桶一个。村里人知道了原因,都说活该,老

天爷看着呢。回到家的冯其五,只好到处给人打短工,勉强填填肚子。

这一年,地里的粮食欠收,村里人的口粮就更紧了,有找卢守财借粮的,他竟开出了五倍偿还的条件。卢守财很得意,毕竟自己有上百亩的良田,远远望去,玉米谷穗还是多得数不清。这个时候,冯其五不知从哪里弄来了十几只鸽子,在家精心养了起来。看着鸽子在他的破屋子上空飞翔、俯冲,村里人就嘀咕:真是个不务正业的家伙,人都吃不上饭了,还有闲心养鸽子!冯其五就像没听到,除了用心养鸽子,闲时还哼起了小曲。过了一段时间,人们发现,游手好闲的冯其五非但没被孤立,倒成了村里那些穷光蛋们的"香饽饽",经常聚在他家里聊天,好不热闹。

很快,秋收结束了,冯其五的鸽子也不见了踪影,破屋里就渐渐冷清了。村里人就笑他,真是个二流子,光着腚扎腰瞎折腾!

新中国成立后没几年,冯其五病死。出殡时,当年村里的那些穷光蛋领着自己的孩子都来了,披麻戴孝竟跪了一地,哭声震天。

事后,村里人才慢慢知道了事情的原委。当年冯其五见丁四可怜,喂狗时就做了手脚,全给狗吃没碾碎的玉米和小米,又在里面下了一丁点儿巴豆,狗吃饱后很快就会拉稀,拉出的屎大都是囫囵的粮食。丁四弄回家用清水淘过多遍,一点也不影响食用。至于鸽子,是他临时借朋友的,为了多去啄食卢守财的粮食,鸽子们每次装满了嗉囊飞回来,冯其五就让它们喝一种浸泡了生石灰的水,鸽子喝后就会反胃,把嗉囊里的粮食全部吐出来。攒多了,就分给村里的穷光蛋们吃,竟这样帮助他们度过了饥荒。

塘泥丸子

华公子二十岁时,医术在当地已有些名气,治疑难杂症尤甚。他爱四处云游,每到一处必访当地名医,虚心请教。华公子从初冬的谯县出发,一路走走停停,来到青州时树木已是满眼的鹅黄。由于各地诸侯争锋,战事频繁,一路上所见灾民流离失所,饿殍遍野。

华公子走进城中,见街旁有一对夫妻模样的人在门前坐着,就上前打听城中谁的医术最佳。问完话,华公子才看清此时的男子伸脖子咧嘴,竟一副痛苦样。女子则不停地用手摁男子的脖颈,偶尔也拍打他的后背。正疑惑着,男子没好气地说:"这青州城里医术好的不是死了,就是还没出生呢!"说完,男子张开嘴巴,用手指在喉咙里抠着什么。

女子接话说:"别听他瞎说,他个馋鬼,昨天去城外的小河里弄了几条小鲫鱼,没想到吃鱼时却让刺卡喉咙了。今天找了城里的两个先生也没瞧好,憋着一肚子气呢。"

华公子点了下头,说:"我来试试。"

"你试试?"男子抬眼扫了华公子几眼,笑了:"就你这年纪也会瞧这种毛病?这城里给我瞧病的先生虽不是啥神医,但也是熬成一大把胡子的人了。"说完,一脸的不屑。

华公子双手一拱,扭头就走。女子赶紧一把拉住,说:"给他瞧瞧吧,我信。"

华公子就让女子回家提了一小罐醋,让男子喝。

男子边喝边酸得咧嘴,说:"你个年轻人不是耍弄我吧?"

华公子一脸严肃,说:"你相信我就喝,不相信就算了。"等男子把醋喝完,华公子又让女子回家拿了一块干硬的窝窝头,说:"稍过一会,你把这块窝窝头吃下,鱼刺就脱落了。"果然,男子确信喉咙里没有了鱼刺时,惊得瞪大了眼睛,一个劲地作揖拜谢。

华公子淡淡一笑,说:"小事一桩,不必客气。醋能使骨刺类的东西软化,利于身体的吸收,几根鱼刺当然不在话下。"夫妻俩听了,佩服得五体投地,连喊神医。

看着华公子一脸的淡定,男子说:"城中焦刺史的宝贝女儿得了一种怪病,四处求医也没治好,正满城贴布告悬赏医治呢。听说谁要是医好了他女儿的病,就让女儿嫁给谁。凭公子你的技艺,可前去碰碰运气。"

华公子"哦"了一声,又点了点头,就随男子来到了布告前。他站在布告前,对照上面的病症想了良久,点了下头,伸手就把布告揭了。

华公子被带到府内,见焦小姐身体瘦弱,面色苍白,说话也有气无力的,就问她的父亲焦刺史:"小姐饮食如何?肚子现在疼吗?她可接触过河水?"

焦刺史说:"小女的饮食挺好,就是肚子一直疼。近几年她迷上了游泳,每个夏天的晚上都要有家人陪着去城外的小河里游,当然接触过河水了。"

华公子点了点头,说:"弄几斤大红枣,煮熟做成枣泥。再到小姐常去游泳的河边挖些淤泥晾干磨细,然后和枣泥各一半掺了做成拇指大小的丸子,一日三次各一丸,空腹喝下即可。"

十天后,焦小姐的腹痛减轻,一月后腹痛消失,面色红润,百天不到她的身体竟完全康复,又回到了以前活泼美丽的样子。

焦刺史大喜,请华公子进府,问其原因。

华公子说:"小姐游泳时可能呛过水,腹内带进了蚂蟥的卵,卵在体内逐渐成了成虫,吸附在肠胃的壁上,以吸血为生,一般药物很难打下它。蚂蟥喜淤泥和甜食,它见到久违的带有甜味的淤泥丸后,就纷纷钻进去抢着进食美餐。这样,排便时就把蚂蟥带出体外了。三个月来,腹内的卵也成了成虫,也就都清除干净了。"

焦刺史觉得这青年的医术简直太神奇了,心里高兴,当即决定按当时布告上的承诺招他为婿。

华公子婉言谢绝,说:"我一生注定四海飘零,就不耽搁小姐的终身了。您若真想报答,就开仓放粮,救济一下城里城外的灾民吧。"

于是,青州刺史焦和开仓放粮,成就了一段佳话。

华公子名叫华佗,从青州向北继续云游四方。自此,声名大振。

1948 年的爱情

18 岁的秀红是村子里数得着的好闺女,美丽、清纯得像这大山里的野菊花。这天,她在村口的小河边洗完衣服,边挎着篮子往家走,边顺手摘了一朵野花插在了发间,竟惹得几只蜜蜂在她的头上缠来绕去,她就边走边抿着小嘴偷偷乐。这是 1948 年初

夏的一个下午，阳光暖暖地照，照得秀红回家的脚步也更加轻盈起来。

回到家时，天已擦黑了，娘去邻村串亲戚还没回来。秀红刚要生火做饭，屋里却突然闯进了五六个拿枪的家伙，进屋就骂骂咧咧地四处乱翻。她抬头时正看见一个满脸横肉的家伙色迷迷地打量着自己。秀红的心一沉，知道遇上土匪了，她刚要喊叫，就被一把掐住了脖子，她吓得两腿一软，瘫在了炕沿上。那人嘿嘿地笑着，边拽衣服边向秀红压了下来。那家伙提起裤子时，满脸坏笑，说，妹子，你真好，有机会我会来娶你的。秀红泪眼蒙眬中，瞥见了一撮长长的黑毛，肆意地长在那人的左腮上，恶心死了。

秀红娘进屋时，村子里鸡飞狗叫，还夹杂着几声枪响。秀红正对着镜子梳头，她的旁边是一根从房梁上垂下的绳子，下面的小木凳正静静地和绳子对望着。秀红娘叫了一声俺的闺女呀，你这是咋了？就抱住秀红哭了起来。娘说，闺女，你有天大的委屈也不能死呀，你爹死得早，娘吃了多少苦才把你养活大。你要死了，娘也不活了。秀红一言不发，任由泪水滑满脸颊。娘又说，不管咋了，你要答应娘好好地活着啊，就算我求你了。说完一下把绳子从房梁上拽下来，抱着秀红又哭了起来。良久，秀红站起身，走到自己盛衣服的小木柜前，从柜子的最底下拿出一条红色的围巾，递给娘说，我不死了，可这围巾你要替我还给大奎哥，就说我不配给他做媳妇。秀红说着，泪又下来了。娘一脸疑惑，说，大奎是多孝顺的孩子呀，又勇敢，上次的英模会上，区上的领导都给他戴花呢，谁不说你们俩是天生的一对呀，这围巾可是他给你的定情物啊。秀红听了，哭得更厉害了。许久，她抹着红肿的眼睛，说，你这就去吧，我的身子让土匪糟蹋了，我是没脸见大奎哥了。娘听了，一跺脚就骂开了。天杀的土匪，作孽呀，你叫我们娘俩咋活啊！骂够了，娘又说，今天一大早，村里的民兵就由大奎领着去区上送粮了，到现在也没回，土匪这次来祸害是钻了空子啊。你只要活着，我明天一早就给大奎送去。闺女，这就是你的命啊。这个初夏的夜晚，微风轻拂，秀红娘俩却一夜无眠。

　　第二天一早，秀红娘就出去了。回来时，大奎跟着来了，手里拿着那条红红的围巾。他站在院子里刚喊了声秀红，秀红就把房门死死地顶住了。大奎说，秀红，我喜欢你，你把围巾收下吧，我不嫌弃你的。屋子里又传出秀红的抽泣声。大奎又说，今天我们民兵就要配合正规部队进山剿匪了，我一定抓住那个土匪杀了他，替你报仇。你把围巾留下，我们凯旋那天咱就成亲。大奎说完，就把围巾从门口塞了进去。秀红哭着说，围巾我不要，我也不配做你的媳妇，你安心去打土匪吧。围巾又从门口塞了出来。大奎实在没法，就把围巾系在了窗口旁的一棵小树上，红红的围巾像一面战旗，映得大奎一脸的红光。他握着拳头，说，秀红，我走了，你就等好消息吧。

　　眨眼，四个多月就过去了。这些天里，秀红很少说话，有时坐在屋里呆呆地愣神，有时站在院子里的磨盘上朝大山深处张望，显得焦躁不安。娘看在眼上，却喜在心里，傻妮子，保准又想大奎了。终于，村口的古戏台上锣鼓喧天，有好消息传来，剿匪胜利了，还活捉了几个头目，在村口开完公审大会，就要处决了。村里的大人孩子，都一窝蜂似的朝村口跑去。秀红面色凝重，像揣着一肚子心事挤进会场时，大奎满脸得意，正押着一个土匪走上台来，那家伙还没站稳，就被大奎一脚踹跪下了。那家伙双手反绑，背上插着一块亡命牌，脸上黏着一层细细的汗珠，他微微抬起头，扭了下脖子。秀红只瞅了一眼，心就跳到了嗓子眼，她看到了一撮长长的黑毛长在那人的左腮上。秀红顿觉一阵儿晕眩，跟跟跄

踉地往家跑。

　　大会还没结束,大奎就被人叫到了秀红家,秀红娘已在门口哭得死去活来。大奎几步闯进屋来,见秀红的身子正吊在房梁上,轻轻地晃荡着。秀红略显短小的褂子下,露着一截雪白的肚皮,微微地鼓着,像一片耀眼的刀刃割着他的双眼。

　　秀红,你好糊涂啊！大奎一声哀叫,慌忙踩着一个高凳子把秀红慢慢地放了下来。几个人围拢过来,有掐秀红人中的,也有按她胸部的。良久,秀红一口气总算缓过来了。她眼睛微微地睁开,对大奎弱弱地说,让我死了吧,我不配。大奎深情地说,你配。我喜欢你,一直到老。现在好日子才开始呢。大奎扭头望向窗外,他一眼就看见了那条自己系在树上的红围巾,围巾还在,但已经褪色了。他走到院子里把围巾取下,又回到秀红身边,轻轻地围在她的脖子上。秀红眼睛一红,眼泪又流了下来。

吴二传奇

　　吴二青州人氏,很小就成了孤儿,整天缺衣少食的,瘦得像猴儿一样。有时没饭吃了,就钻到村子边的驼山里找吃的。树上的野果,地下的野菜,弄到啥就吃啥。别看吴二长得瘦小,胆子却大,有时饿极了就抓山里的蛇和癞蛤蟆用火烧着吃。看着吴二用树枝叉着美味在嘴里大口嚼着,村里人都恶心,说吴二疯了。有时碰上阴雨天弄不来干柴火种,吴二就干脆把捉到的毒物生撕活吃了。有天夜里,一只蝎子爬到他腿上刚要耍威风,吴二一时兴起,抓住放嘴里嚼几下就吞了。

村里有人就起哄,说五毒让你吃了三毒,还敢吃蜈蚣、蜘蛛吗?

吴二一笑,当众捉来蜈蚣和蜘蛛,几口就吞肚里了。他咂着嘴,一副意犹未尽的样子。

说来也怪,自此吴二吃五毒竟成了瘾,一天不吃心里就难受无比。日子长了,那些蛇、癞蛤蟆见了他竟动弹不得,蝎子、蜈蚣更不敢近前一步,就连蜘蛛也不敢在他的破屋里结网了。

这年,吴二才十六岁,在村子里却声名大振。自此,人称五毒。

过了不久,村子外开来了十几个日本兵,白天在山里转悠,晚上就驻扎在驼山脚下。领头的叫佐藤纯一郎,黑黑胖胖的,没想到当晚就被遍地的蜈蚣和蝎子咬得哇哇直叫。于是,在帐篷里喷洒了大量的化学药品,可过了没几天,佐藤的脑袋还是被蜇得起了几个大疱。他大怒,让鬼子押来村里的保长,说他的良心坏了,要用刀劈了他。保长吓个半死,慌忙跪地磕头,说我有一计,保证太君日夜平安,不受五毒骚扰。

保长把吴二找来后,佐藤阴着脸瞅了他俩一眼,说,都绑了。一会儿,吴二和保长被绑了个结结实实塞到了佐藤的床底下。

果然一夜蝎虫无犯。佐藤非常高兴,给他俩松了绑,追问保长、吴二到底有何能耐让五毒惧怕?保长就如此这般地说了一通,佐藤听后大惊,觉得简直是世间奇闻。就令保长带人多捉些五毒来,他要亲眼看看吴二的"绝技"。

不到一个时辰,就捉来毒蛇两条,蝎子、蜈蚣等满满一大碗。佐藤见了,竟吓得汗毛直竖。其实,这些五毒早嗅到吴二在此,个个已成冬眠之虫,死了一般。吴二端起碗,满眼放光,一会就把满碗的"山珍海味"吞进了肚里。

你的,奇人！以后就是我的保镖了！佐藤哈哈大笑,拍着吴二的肩膀称赞不已。

从此,吴二就睡在了佐藤的帐篷,吃香喝辣,还弄了套黄军服穿着,威风极了。没事的时候,吴二就到处捉五毒,弄个大坛子装着,馋瘾上来时打打牙祭。

一天,日本兵绑来了一个年轻人,说是在附近村里抓到的八路伤员。佐藤上前问了好一阵话也没问出个什么,恼羞成怒,抽出屁股后面的指挥刀就劈了下去。年轻人一声惨叫,一只胳膊就掉到了地上。佐藤又抬手做了个手势,旁边的狼狗疯一般扑了上去,年轻人瞬间被撕咬得奄奄一息。佐藤骂了句"八嘎",又让吴二把装五毒的坛子拿来,一股脑地把五毒倒在了年轻人身上。蛇和蜈蚣闻到血腥,没命地噬咬着,佐藤和鬼子兵哈哈大笑。

吴二看得胆战心惊,大气不敢出一声。

后来,吴二再碰到村里人时,村里人都远远躲着他,偶尔走个对面,也没人和他搭话。

终于在一个月黑风高的夜晚,村里的狗叫了一夜。天明,村里几个大胆的青年循着狗叫来到鬼子的营地,见帐篷里一片狼藉,鬼子兵东倒西歪,身上爬满五毒,几乎气绝。而佐藤的帐篷里,吴二死死掐着他的脖子,他的指挥刀却刺透了吴二的胸口,血淌了一地。装五毒的坛子倒着,佐藤的身上缠着几条毒蛇,身上一片青紫。

见此情景,几个年轻人啥都明白了,一挥手,就把几个没断气的鬼子送上了西天。

再后来,青州驼山的五毒繁殖得非常快,漫山遍野都是,据说是得了吴二的精气所致,但五毒从不伤害当地居民,却让鬼子闻风丧胆,从不敢近驼山一步。

龙凤玉坠

古玩店的周老板端详着手里的这枚龙形玉坠时，眼睛都直了。他对面前八十多岁的魏奶奶说了声"稍等"，就闪身进了内屋。一会儿，周老板搀着母亲出来了。她和魏奶奶年纪相仿，身板也都硬朗。魏奶奶急忙迎上去，着急地问，这东西值钱吧？

周老板说，值不了大钱的。如果我没看错的话，玉坠应该是六十年前的东西。

魏奶奶听了，脸上有些失望地说，这东西在我手上的确六十多年了，也算个老物件了。

周老板和他母亲的目光碰了一下，又点了下头。周老板赶紧让老人坐下，说，您能不能讲讲这枚玉坠的来历呀？

魏奶奶神情一下凝重起来，思绪又回到了炮火连天的抗日战争岁月中。她说，那是一个秋天的午后，我一个人在家纳鞋底呢，突然从外面撞进一个年轻后生来，穿长衫，戴眼镜，长得很秀气，只是一条腿瘸着，好像受了伤。他进来就急切地喊了声"救救我"。我还没弄明白咋回事儿，外面就传来了鬼子叽里呱啦的喊叫声。我慌忙把他藏到墙角的一堆玉米秸里，几个鬼子就端着刺刀进来了。他们屋里屋外没找到人，就用刺刀在院子里的柴堆上乱戳，戳到那堆玉米秸时，我的心都要跳出来了。我悄悄地溜进屋里，从炕洞里摸出那只藏了两天的芦花鸡，一咬牙扔了出去。鸡在地上摔了个跟头，站起来"咯咯"地叫着朝院子外跑去。几

个鬼子见了,急忙收起刺刀,没命地朝芦花鸡追去。那鸡,可是我爹和我娘的命根子呀。

说到这里,魏奶奶的脸色平静了许多。周老板和他母亲竟也跟着舒了口气,没有了刚才的紧张样。周老板给老人倒了杯水,问:那后来呢?

魏奶奶说,后来,那后生从玉米秸堆里爬出来,说大恩不言谢,就从脖子上取下了这枚玉坠送给我,让我好好地留着,还说他会回来的。我问他要去哪,他说去延安。多好的一个后生呀,那眼神,那语气,我一辈子也忘不了呀。魏奶奶说着,脸上竟泛起了一抹淡淡的红晕。

这次,周老板的母亲急了,一个劲地问:那后来呢?

后来?后来我就等呀等呀,从一个十八岁的大姑娘一直等到了今天。

魏奶奶指了指身边那个一直没说话的大男孩,说,要不是为了他的学费,我怎么舍得卖掉呢?这玉坠可是我一辈子的念想呀。

魏奶奶把那枚玉坠放在手心,用手指轻轻地摩挲着。她对男孩笑着说,回去吧,还要翻山越岭坐一个多小时的车呢。放心,你的学费奶奶会有办法的。

这时,周老板的母亲开口了。妹子,你等一下。她也从贴身的衣兜里摸出一枚玉坠来,竟是凤形的。两枚玉坠摆在一起,泛着青绿的光,龙头和凤首紧紧相偎,竟没有一丝缝隙,龙凤身上的小篆"百年"和"好合"也缠缠绵绵地聚在了一起。更为惊奇的是,两枚玉坠上都系着一截红红的丝线,连打的小结都是一样的。两枚玉坠静静地在桌面上相拥着,像极了一对热恋中的情人。

魏奶奶满脸疑惑,说这应该是一对,这是咋回事呢?

周老板的母亲说,妹子,你当年救的后生就是我的丈夫,叫周光明。光明的父亲是一家古玩店的学徒,有一身琢玉的好手艺,他用三个月的薪水换了掌柜的一块玉石,亲手琢了这对玉坠留给了光明。这对玉坠是我俩的定情信物,一人一枚,说好了一生相随的。那时,光明还在省城读书,一次回家时正巧县城遭到了鬼子的飞机轰炸,他的父亲被炸死了。光明热血沸腾,当场决定投笔从戎报效国家,当时我虽怀有身孕,也只能含泪送别。谁知,唉！周老板的母亲一声长叹,眼泪竟咕噜噜地滚落下来。他指了指周老板,说他五岁那年,我终于盼来了光明的消息。来了几个部队上的人,说他牺牲了,还带来了他写给我的一封亲笔信。信上说他在赴延安的途中遭遇鬼子,多亏一个本地山妹子救了他,为了报答就临时给了她那枚龙形玉坠。本想革命胜利后再用金钱赎回,可当时他的部队重陷敌围,怕是凶多吉少,就写下了遗书,嘱我日后一定找到玉坠,善待那位山妹子。数十年来,我们一直在找,可没想到龙凤玉坠的团聚竟这么突然……

周老板的母亲泪流满面。魏奶奶听了,也是一脸的悲戚。她喃喃自语着,我等了你一辈子,我等了你一辈子呀！

良久,魏奶奶才说,当年他给我那枚玉坠时,拉着我的手,还有那火辣辣的眼神,我相信那后生一定喜欢我,也相信他给我的就是定情信物！我虽不识字,但我从老辈人那里就知道,收了人家的信物,就要厮守一生的,何况他说一定要回来的！

周老板也被这对玉坠的传奇故事弄得心里酸酸的。他拉着旁边大男孩的手,悄悄问魏奶奶,您既然说等了我父亲一辈子,那你这孙子又是咋来的呢？

他是个孤儿,看他可怜,我七十岁那年收养了他,我们祖孙俩也好互相有个照应。

周老板点了点头。说这对玉坠虽值不了大钱,但对我家来说是无价之宝,您就出个价吧。

魏奶奶没说话,只是嘤嘤地哭。

周老板的母亲柔声说,妹子,我替光明给你赔不是了。咱是有缘人呀,玉坠还是你保管吧,我想光明也会高兴的。从今以后,我的儿子就是你的儿子,你的孙子也是我的孙子。你啥也不用管,就吃吃喝喝,安享晚年吧。

魏奶奶张了张嘴,话还没出口,眼泪就来了。